昭和16（1941）年12月頃、開戦直前の軍令部作戦課に集まった陸海軍参謀。前列中央が富岡定俊（戸高一成氏提供）

昭和17年２月頃、軍令部作戦室で作戦検討中の海軍参謀。中央にいる３人の右が富岡定俊（戸高一成氏提供）

昭和20年9月2日、ミズーリ艦上で行われた降伏調印式に臨む日本使節団。右から5人目が富岡定俊（共同通信社提供）

戦後の富岡。昭和40年頃撮影（戸高一成氏提供）

中公文庫

開戦と終戦

帝国海軍作戦部長の手記

富岡定俊

中央公論新社

目次

〔　〕は今回の文庫化にあたり編集部で付した註です。

開戦と終戦　帝国海軍作戦部長の手記

まえがき

この本は海軍参謀であった私の小伝のような構成になっているが、実は個人の伝記というようなねらいではない。たまたま筆者が、その生《お》い立ちから、またその経歴から、生粋《きっすい》の海軍軍人中でも比較的参謀の経歴が多種多様であり、太平洋戦争中、大本営海軍参謀であり、また、日本海軍最後の作戦部長であったなどの点から、海軍参謀の標準型とでもいってよい人間が体験した旧海軍の内情や、戦争という痛烈過酷な事象の真只中《まっただなか》に体験したことの裏話を、ありのままに書き残そうとしたものである。

現在日本から消え去った旧陸海軍に、東郷、乃木というような名将も出たし、太平洋戦争でも名将といってよい人はたくさんあったように思うが、参謀の方は、昔なら秋山海軍参謀、太平洋戦争なら宇垣連合艦隊参謀長というような名前を想《おも》い出すだけで、あまり名参謀の名前が出てこない。そこで、いったい参謀とはどんな経歴を持ち、どんな制度・気風のもとにどんな仕事をしたのかという一端を、自称標準型的参謀であった筆者が、おこがましくも筆を起こした次第である。

刊行にあたって、ただただ太平洋戦争でたおれられた戦友のみなさんに対し、伏してそのごめい福を祈る次第である。また刊行に至るまで毎日新聞社の田畑正美氏から数々のご協力を得たことに対し、謝意を述べたい。

昭和四十三年四月

富岡定俊

〝男爵少尉〟の誕生

石竜子の予言

中学四年生のころだった。芝山内に住む当時有名だった占師《うらないし》の石竜子のところへ、母に連れて行かれ、観相してもらったことがある。大正初期だったが、石竜子の名は東京市民に知れわたっていた。

そのとき、石竜子は、じっと私の顔をみて「このお子は芸術家に向いているが、海軍軍人になる、特に先々は帷幕《いばく》（機密のことを議する場所、ひいては参謀本部をさす）の人になる」と言った。たしか観相の前に「一」の字を書かされたように覚えている。

私は当時、まだ中学生だから「帷幕」という言葉は漢文の授業で習っていたかもしれないが、あまりピンとこず「妙なことをいう易者だ」ぐらいに思っていた。

この石竜子の言葉が、古希（七十歳）を越えた私の耳底にいまでも残っているのは、何とも不思議なことである。

元来、私はあまり占《うらな》いなどを信じない方なのだが、私の歩いてきた道を振りかえってみて「なるほどなあ、よく言い当てたものだ」と、石竜子の予言に感心しているのである。故山本五十六元帥と故大西滝治郎中将が、パイロットの採用に当たって、水野義人という、よく当てる観相家を嘱託にして選抜させたことがあった。その的中率は八〇パーセントを上回ったそうだ。この話は作家の阿川弘之氏の『山本五十六』に詳しく書いてあるが、私は石竜子の言葉と思い合わせてみて、水野氏の観相を一笑に付すような気は起こらない。阿川氏は次のように書いている。

「水野義人は、戦後司法省の嘱託として、調布刑務所に勤務し、犯罪人の人相の研究をしていたが、間もなく進駐軍司令部の鶴の一と声で免職になり、現在は銀座の小松ストアの相談役として、店員の採用や配置に関して助言をする仕事をやっている。

戦争中、水野が、飛行適だけれども事故を起す性だと言った人の名前には、マークをして金庫にしまっておいたが、其《そ》の三分の二は事故で死んだという。

私は、水野義人の観相の術が、どの程度純粋な応用統計学で、どの程度超心理学的要素をふくみ、更に其の上、催眠術や手品の部分があったのか無かったのか、これを確言する事は出来ない。それに、それを追究するのは、此《こ》の物語の役目ではなさそうである。

ただ、山本五十六の、水野に対した対し方には、私は興味を覚える。それは、一つには、山本が大層部下思いであった事の証左であり、もう一つには、彼が、普通科学的、合理的と考えられている以上のものをも割りに直観的に、すぐ信じた、少なくとも無視しなかったという事の証左のように思えるからである。」

私は易をそのまま信じるほど単純ではないが、よく占う石竜子のような人には、長年の修業と直観から、おのずからほとばしる何ものかがあるのであろうか。

初代の石竜子は文化五年五月二十五日に歿している。徳川中期の観相家で本名は逸見相繁。字は伯節、号を松斎という。江戸芝に住し、観相学の大家として知られ、殊に墨色判断をもってきこえ、のち法眼に叙せられたという（『大人名事典』平凡社刊より）。

『卜筮序律《ぼくぜいじょりつ》』や『筮前《ぜいぜん》の審事《しんじ》』をみると次のような事項を明らかにすべしと教えている。

一、筮《ぜい》を請う者の分限を審《つまびら》かにすべし。

二、その人の地位を審かにすべし。

三、その人の時を審かにすべし。

四、その人の居所を審かにすべし。

五、その問筮《もんぜい》せんとするところの事情を逐一《ちくいち》微細に聴き定むべし。

六、その人の勢を熟察《じゅくさつ》すべし。

加藤大岳著『易学通変』によると、易占家の資格の第一として、「学識、教養」をあげている。

また「推理的頭脳」「円満な常識」の所有者、「旺盛な精神活動力」と「信頼に価する人格者」であることが要請されるとしている。

孫子の兵法にもある「故に之《これ》を校《かんが》うるに計を以てして其の情を索《もと》む。曰《いわ》く、主孰《いず》れか有道なる。将孰れか有能なる。天地孰れか得たる。法令孰れか行なわる。兵衆孰れか強き。士卒孰れか練れたる。賞罰孰れか明かなる。吾《われ》之を以て勝負を知る」と変わらない言葉である。

私は海軍にはいってから、帷幕の軍師になろうなぞとは夢にも思ったことはなかったが、運命は不思議にも、大戦争中の大本営参謀で海軍の生涯を終えた。

海軍四代

私の本籍地は長野県埴科《はにしな》郡松代町である。松代と言えば、すぐに連続地震と「松代大本営」を連想されるであろうが、歴史のうえでは、佐久間象山先生と松代とは切っても切れない縁があり、また象山先生の関係もあって、いわゆる〝信濃の山猿〟の中から、後年、幾多の海軍軍人を輩出するという因縁が生まれた。

私の本籍は松代であるが、出生地は江田島である。明治三十年（一八九七年）三月八日、父富岡定恭《さだやす》が大佐で海軍兵学校教頭のとき、江田島の官舎で産湯《うぶゆ》を使ったのであるから、生粋《きっすい》の〝江田島ッ子〟だと自慢してもよいだろう。

私も古希を過ぎて、そぞろ過去への感懐を覚えはするが、いま私の気持としては〝温故知新〟の故訓を生かして「未来学」への道を開拓しようという気概にもえている。

しかし、なぜここで私の家系について述べる気になったかといえば、私の家系は、私と祖父、父、私の子を含めて四代にわたって海軍に奉職したという因縁があるからである。〝海軍三代〟はあるかもしれないが〝海軍四代〟というのは、めったにないと人に言われてみて、いまさらながら「そういえば山猿のくせによくよく海に縁があったものだ」と、私も感心している始末である。ちなみに父の実弟、つまり叔父も海軍機関少将であった。

他人の家系などというものは、あまり興味のあるものではないが、これからしばらく述べるわが家系のことも、信州の山猿と海軍、つまりは、一人の海軍参謀が、どのような環境のもとに生い立ってきたかを理解していただく意味で、因縁話のつもりで読んでいただきたい。

松代と佐久間象山

古文書によると私の先祖は新田義重の孫・富岡四郎定俊である。おそらく、私の名の定俊はここからとったものであろう。

先祖であるその定俊という人は上野国富岡郷（現在の群馬県の富岡市）の住人で右大将頼朝公に従って武功を樹て、後に対馬守重明、上杉管領憲政に属し小泉城に移った。織田信長が天下を統一すると上野一円管領滝川一益に属し、明智光秀の本能寺の変が起こると、一益が京師に上った後、北条氏と兵を構え、ついに小泉城を奪われて沼田に隠退してしまった。それから後は真田氏に仕え、信州松代に移った。こうして代々松代に住み、幕末にいたったのであるが、松代藩十万石は名君真田幸貫公と佐久間象山先生とのコンビで、幕末の兵制改革史上に名をとどめることになった。

私の祖父の富岡宗三郎は、佐久間象山先生の弟子の一人で、幸貫公が幕府の海防係〔海軍大臣〕になると、海防隊長となり、品川台場の建設を宰領することになった。つまりわが家系の海軍第一代である。

佐久間象山をヤマ師のようにいう人もいるが、幕末の西洋兵学界ならびに科学界に占めた啓蒙的地位は、すでに多くの本でも明らかにされている。中でもペリー艦隊の江戸湾乗込みに際して、老中阿部伊勢守正弘のもとへ提出された『急務十事』は、われわれ海軍に職を奉じた者にとっては簡明かつ要を得た〝海防策〟であると思われるので引用してみる。

第一、堅艦《けんかん》を新造して水軍を調練《ちょうれん》すべき事。
第二、防堵《ぼうと》〔要塞〕を城東《じょうとう》に新築し相房《そうぼう》近海のものを改築すべき事。
第三、気鋭力強《きえいりききょう》の者を募《つの》りて義会《ぎかい》を設《もう》くべき事。
第四、慶安《けいあん》の兵制を釐革《れんかく》〔改革〕すべき事。
第五、砲政《ほうせい》を定めて硝田《しょうでん》を開くべき事。
第六、将材《しょうざい》を選び警急《けいきゅう》に備うべき事。

第七、短所を捨て長所を採《と》り名を措《す》て実《じつ》を挙《あ》ぐべき事。

第八、四時《じ》〔朝から夜まで〕大砲を演習すべき事。

第九、紀綱《きこう》を粛《つつし》み士気を振武《しんぶ》すべき事。

第十、連軍《れんぐん》の方を以《もっ》て列藩《れっぱん》の水軍を団結すべき事。

「幕府は此議《このぎ》を容《い》れることはしなかったが、阿部《あべ》閣老《かくろう》は先生が海防策に非常な努力を払って居られることを知って、其志《そのし》を深く感じた」とある〔堀水信水『世界的大偉人・佐久間象山』昭和八年十二月・不動書房刊から〕。

父定恭中将のこと

父定恭は宗三郎の長男として安政元年（一八五四年）十一月、松代馬場町の邸で生まれた。幼時に漢学を近藤民之助、習字を丸山源五左衛門、剣道を小野柔四郎、馬術を竹村熊三郎、水練を小林喜太夫、砲術を蟻川直方、フランス語を武田斐三郎について学んだ。慶応二年に、藩主が武田斐三郎を招いて兵制士官学校というフランス式士官学校を創立すると、選抜されて入校し、洋式兵学を学んだのである。

武田斐三郎という人は数学、化学に造詣が深く、函館五稜郭の設計者であったが、歴史的にはあまり知られていない遺賢であった。

明治戊辰の役に、古屋作左衛門という人が信州に乱入して飯山城を奪い、甲州を衝《つ》き、これに拠《よ》ろうとしたので、松代藩は兵を出して古屋の兵を千曲河畔安田の渡口で破り、追撃し越後に追っ払ってしまった。

その前から松代藩の子弟は「幼年隊」を組織していたが、父定恭はこの隊に十五歳で入隊し、甲府城と飯山城の守備に当たった。これが父の初陣というわけである。

明治四年（一八七一年）廃藩置県のとき武田斐三郎が政府の招きで上京するさい、せっかく学んだフランス語と兵学を捨てかねて、同志とともに先生について出京、武田氏の家塾で勉強した。勉強しているうちに、日本は四辺環海の国と知ったか、それとも海を初めてみた山猿の驚きか、とにかく、これからは海外に目を向けなければならないと考えて海軍入りを決意し、海軍兵学寮幼年課に入学、ついで本課に移り、明治九年（一八七六年）第一優等生（首席）で卒業、航海実地研究のため英国東洋艦隊旗艦「オデュッセウス号」(Odusseus）に乗組むことになった（明治九年六月二十八日）。

オデュッセウス号では、同艦副長ブリッチ少佐（後のブリッチ大将）について士官教程を学び、明治十一年（一八七八年）一月二十八日、同号で砲術卒業証書を授けられ、また八月には数学、航海術、船具運用術、蒸気機関学などの卒業証書および行状証書や艦長賞状などを授けられている。

松代藩には文武学校というのがあって、この中に兵制士官学校が出来たのであるが、父は小さいときから船や大砲の模型、いまでいえばプラモデルをつくるのが大好きで、あんまり正確につくるものだから、小数点のように細かくて正確だというわけで〝デシマル(decimal)〟というアダ名をもらっていたという。東京築地の兵学寮時代にも、盛んに軍艦の設計図を描き、またランプ利用の灯火信号なども考案していたそうである。「オデュッセウス号」時代は、上海の競馬大会に出場して一着になり、金時計をもらったり、三年間英語で日記をつけ、水雷の設計図を引いたり、ずいぶん勉強した記録がある。ところが私は戦災に二度あって、みんな亡父の記録を焼いてしまったので、いまでも惜しいことをしたと思っている。

明治十一年九月十一日、海軍少尉補となり、日本海軍稀有《けう》の新知識というわけで、いまでは考えられないくらい重用されたようである。

一等俸をもらって兵学校出勤を申しつけられ、船具運用掛となり、教授書編集掛を兼任、十二月水雷伝習のため横須賀に出張、公務の余暇に『水雷新論』四巻を著わしている。

これは日本人の手になる初の水雷戦術書であるが、この書を著わしてから十七年後に、日清戦争でようやくその真価が問われたものだった。いわゆる威海衛への壮烈な水雷夜襲戦がそれである。

明治十二年二月二十二日少尉、同四月十六日砲術課課僚となり、二、三の同志と「砲術協会」を設立して機関誌を刊行したりした。

明治十三年二月二十一日になると、「肇敏艦」乗組みを命ぜられ、十月六日中尉に進級、

「摂津艦」に転じ、兵学校砲術課課僚を兼務した。明治十四年三月七日、水雷実地演習教官として横須賀軍港に出張、また大砲操法程式編集委員、ついで十六年大尉、十七年兵学校教授となり軍事部兼務となった。

その間に、英海軍用の信号灯を改革して、日本海軍に適した夜間信号灯を案出し、十八年四月から海軍一般の信号灯に採用することとした。これは若い時からの懸案で、アダ名のとおり〝デシマル〟的な創意工夫であった。

十九年十一月二十九日に艦政局兵器課僚、ついで兵器会議副幹事、臨時小銃調査委員、二十年十一月二日になって英、仏両国へ派遣されている。

これは当時、清国の世界的二巨艦（鋼鉄艦）「定遠」「鎮遠」（ドイツで明治十四年建造、七千四百トン、一二インチ＝三〇センチ主砲四門）に対抗するため、フランスに注文した三景艦「松島」「橋立」「厳島」（うち橋立は横須賀で国産）用の三二センチ主砲の注文と工事監督、兵器調査のため出張したもので、肩書は「艦政局員督買部理事官」であった。

二十年十二月二十四日少佐に進級、ひきつづき英、仏両国に在留し、その間に造兵監督官、三二センチ砲用無烟火薬調査委員となり、明治二十四年十二月十三日に帰国した。

ヨーロッパ滞留中は英、仏、独の三国で連射式砲術の研究や三景艦用の三二センチ巨砲を含めて百余門の大砲製造を監督している。

下瀬火薬と定恭

読者の中にはご承知の方もあるであろうが日露海戦の物的勝因の一つに数えられたものに世上有名な「下瀬火薬」がある。

「シモセ火薬」の名声は海外にも伝えられ、ソ連の作家ブリボイの名作『ツシマ』の中にも書いてあるが、下瀬火薬の原料を日本へ送ったのが父定恭なのである。

一八八八年（明治二十一年）四月十四、十八の両日、フランスで行なわれた化学者チュルパンのメリニット（ピクリン酸の単体）爆発実験に立会った父が、チュルパンからメリニットの原料を入手し、立会試験報告書と一緒に海軍省艦政局長あてに送ったものを、下瀬氏が分析し、自家薬籠中のものにしたというのである。

伝説的には火薬工場から火薬をつまみとったとか、ツメの中にはいったものを持ちかえったとか言われているが、合法的に入手したというのが真相らしい。

海軍では明治二十年五月、印刷局から転じて海軍兵器製造所の火薬製造科に入所した下瀬が、田中所長、原田科長の支持激励のもとに、直ちにメリニット、リダイトなどのピクリン酸系火薬製造の小実験を開始し、二十二年三月に石炭酸ニトロ化物（M. P. 260℃）を得た。これは無煙火薬より強力であるが、試験成績はチュルパンの報告よりも劣った。

……仏に派遣された富岡海軍少佐は、二回にわたってチュルパンを訪問し、詳細な直接試験の見学をした（二十一年四月十四、十八の両日）。これは前年チュルパンが日本の海軍大臣に申込んだ売込み交渉に応ずる立会試験である。二日目には樺山海軍次官も見学したが、試験成績は伝えられたとおり強烈なものであった。しかしチュルパンは売込みを成功させたいばかりに、誤った行動に出た。すなわち彼は富岡少佐にメリニットの資料を少量だけ提供したのである。おそらく日本人には製法も本体もわかるまいという考えであったのだろう。艦政局長伊藤少将宛に送られたこの資料が、立会試験報告書とともに下瀬の手に届いたのは二十一年九月である。こうしてメリニットがピクリン酸そのものの単体使用であることがわかった。ピクリン酸の合成はかんたんであるから、試製と威力実験は順調に進行した。その結果は、二十一年十二月の試験結果上申書とともに、具体的な製造試験採用の意見書として報告された。しかし下瀬は、チュルパンの資料分析によって一切が明らかになった点は無視し「小官の発明にかかる爆裂薬」と断言し、さらに末尾を「……躊躇《ちゅうちょ》して他人の為に先んぜられ、九仞《きゅうじん》の功を一簣《いっき》に欠くの恐れなしともいうべからず」と結んだ（林克也著『日本軍事技術史』昭和三十二年・青木書店刊）。

父は、明治二十五年（一八九二年）四月十九日海軍大学校教官に補され、海軍技術会議議員を兼ね、二十六年十二月二十日「厳島」の副長となり、翌二十七年四月二十日呉鎮守府軍法会議判士長、六月二十六日には厳島公試委員となったが、同七月朝鮮事件が起こり、ただちに佐世保から「ベーカー島」（韓国黄海側）付近の索敵に従事し、七月二十五日には豊島沖の海戦が始まり、威海衛の攻撃に参加、また黄海一帯の海上護衛と海洋島沖海戦にもあずかった。

次いで第二軍の護送、上陸援護（二十七年十月）、大連湾の攻撃占領（十一月六―十日）、旅順口の攻撃占領（十一月二十一日）に加わった。

翌二十八年一月十九日には第二軍の大連湾上陸を援護し、その後すぐに威海衛の警戒、ならびに劉公島攻撃に参加し、占領した。このとき清国海軍の水雷艇を捕獲した功などにより、北洋艦隊が全滅すると、一たん帰国を命ぜられ、三月二日広島大本営で明治天皇に拝謁し、酒肴を賜わった。

三月十五日には、早くも佐世保――澎湖島間に陸軍の混成支隊を護送し、同島の占領作戦を支援し、同島占領後は支那船を徴集したり、福州付近を偵察したりした。五月五日に「竜田」艦長に補され営口、威海衛、芝罘《チーフー》付近を警備したり、旅順口に行ったりしている。

こうして父は日清戦争の功により功四級金鵄《きんし》勲章を賜わっている。

当時の新聞記事をみると、父には、こちらの顔が赤くなるくらいの賛辞を贈られているが、当時の雰囲気を理解するために、その一端を原文のまま掲げてみよう。

嗚呼《ああ》少佐の如きは名家の末葉を以て武名ある藩育を受け、之に加うるに天稟《てんぴん》の才識と蛍《けい》雪《せつ》の学力を以てす。海陸の兵式に通暁《つうぎょう》し、英仏の軍法を会得す。良将たらざらんとするも得可《べか》らず。実に日本の好艦長是れ則ち帝国海軍の良将佐豈《あ》に亦《また》東洋海軍の名士として未来の重望を嘱せざる可《べ》けんや。

まったく大時代的な賛辞であるが、「海軍少佐正六位勲五等功四級」の富岡定恭は、こうして二十九年には海軍兵学校教頭となり、大佐に進級、定俊という息子（私）を江田島でもうけたのである。

父は北清事変の三十三年「八雲」艦長、三十四年「敷島」艦長、三十六年には海軍軍令部第一局長となり少将に任ぜられた。

日露戦争では前線に出ず、もっぱら日英同盟の秘密政策ならびに対露作戦など、帷幕にあって尽くす一方、有栖川若宮殿下が海軍兵学校にご入学が決まると、特に海軍兵学校長に選抜されて江田島へ赴任し、もっぱら海軍将校養成にあたった。これについては次のようなエピソードも伝えられている。

父は前線への出動を強く望んでいたが、時の海軍大臣山本権兵衛から、将来に備え、士官教育のためにぜひ江田島に残っていてほしいといわれ、腕を撫しながら銃後の留守生活に甘んじていたようである。

日露戦争が終わると、勲二等旭日重光章を賜わり、次いで練習艦隊司令官となった。

明治四十年中将に進み、特に華族に列し男爵を授けられ、その後は対馬の竹敷要港司令官、四十一年旅順鎮守府司令長官、四十二年勲一等瑞宝章を授けられた。

四十四年十二月に予備役となり、従三位に叙せられ、大正六年七月三十一日、東京渋谷で死去した。六十四歳であったから、今日私が古希をむかえてみて、親父も案外若くて死んだものだという気がする。長々と父の略歴を書いてみたのも、実は昔の海軍は、というより陸軍もふくめて明治維新を経験した軍人は、国を興《おこ》すという気概にもえて、実によく勉強したものだという感慨を覚え、内心忸怩《じくじ》たるものがあったからだとも言える。

ダルトン・プランと兵学校

日清、日露戦争ごろの兵学校の卒業記念写真をみると、イキな短剣を前についたり、帽子を斜《なな》めにかぶったり、腕組みして横を向いたり、自由奔放なかっこうでうつっているが、われわれが卒業のときの記念写真はみんな一様に制帽を前に持って不動の姿勢でうつっており、個性がみじんも感じられないと言えそうだ。

私は大正六年の四十五期生である。第一次大戦の最中だったが、もうこのころから兵学校生活は型にはまりかかっていたようだ。

当時は最も激しいスパルタ教育時代で、私としては、生涯のうちで、最も清純で、猛烈に勉強をした時期として印象深いものがある。

在校中の校長は有馬良橘中将（後の大将）で、教頭は正木義太大佐（後の中将）だった。二人とも旅順口閉塞隊の勇士で、当時生徒は日曜ごとに校長や教官の官舎に押しかけて、これら大先輩から親しく薫陶《くんとう》を受けて、人生観や、道徳、武人としての躾《しつけ》などについて、多大の教訓を得たもので、有馬さんのような人格の高潔な実戦の勇士から受けた感化は一生忘れられない。

私は小学校時代、江田島の海軍兵学校付属小学校の従道小学校に在学していたが、ちょうど日露戦争の最中で、捕獲されたロシア軍艦が呉軍港に回航されてくるのを、時々見学に行った。

それらの軍艦の艦全体が、ハチの巣のように破壊されているのをみて、戦闘というものは恐ろしいものだという印象が幼な心に深く刻みつけられた。

兵学校在学中は第一次大戦中だったから、このときは外部からの強い印象は無かったかわりに、内部的に清純、整然、一分のスキもないような激しい生活で、いま思うと「理外の理」とでもいおうか、もう少し余裕があった方がよかったのではないかとも思っている。

兵学校は初級士官養成の場ではあるが、当然その卒業者の中から将星を出すことを予想してエリート教育を施していたわけで、それは外国においても同じことであった。

フランスの海軍大佐ジー・ローラン氏は、その著書『戦略研究序論』の中で、兵学校教育について「組織適良な海軍兵学校は、生徒各自が主将と成る準備をなしうるよう、必要な手段を彼らに供与しなければならない（少なくともすべきはずである）」と次の三件をあげている。

（イ） 明快に説明され、かつ例示に依り論証せられたる作業の方法。

（ロ）　適当に選択された数回の教課。
（ハ）　文献資料（蔵書豊富で出入便利なる図書館）。
海軍生活の第一歩時代から適当な要具を完備してやれば、専門的形成に進むにつれ、各人各個に閑暇を利用して所要の研究ならびに思索に従事しうるであろう。

同書は、私がジュネーブに在勤していたころの大先輩で、岸元首相、佐藤現首相の実兄である故佐藤市郎中将が、「長良」艦長時代に軍務の余暇に翻訳されたものだった。佐藤中将には『海軍五十年史』という著書もある。

当時、一般の人は兵学校の方が機関学校や経理学校の生徒よりも柔、剣道が強いと思っていたらしいが、ほんとうは経理学校の生徒や、予備士官の方が強かった。なぜかといえば、経理学校は築地にあったから、柔、剣道も一流の先生について学べるし、方々の大学の道場で他流試合をしてもまれていたからだ。江田島は環境はいいかもしれないが、他流や、いろいろの社会にもまれることが少ないから、ドングリの背くらべに終わってしまったといえる。

だから真のエリート養成の場ではなかったかもしれない。

海軍機関学校の英語の先生には、一時、芥川龍之介がなったりして、かなりゆとりのある教師の選び方をしているし、また技術の世界にはそれなりの天才的頭脳も要請されていたといえよう。

永野修身《おさみ》元帥が兵学校校長のころ、ダルトン・プラン〔ドルトン・プランとも〕を取入れたことがあるという。

広辞苑によるとダルトン・プラン（Dalton Plan）とはアメリカの教育家パーカスト女史がマサチューセッツ州ダルトン市の中学校で考案、成功した教育法で、自由、自治、自学、個性啓発、集団協同を基礎として、実験、労作を重要視し、創造能力の養成を目的とした教育で、その原理はデューイなどのデモクラシー理論の上に立つとある。しかし、軍の学校では、ダルトン・プランは功を奏しなかったようだ。だが、中には独学で兵学校にはいった高木惣吉少将のような〝哲学軍人〟の例もある。

創成期の兵学校はどうかといえば、明治元年七月には「海軍興起の第一義は海軍学校を起こすより急なるはなし」という議が、軍務官（兵部省の前身、明治二年七月八日、兵部省設置）から上申され、十月に太政官から「海軍は当今第一の急務なるを以て速《すみや》かに基礎を建立すべし」とのご沙汰《さた》が達示された。

こうして明治二年七月に、東京築地の元広島藩邸に「海軍操練所」が開かれ、翌三年十一月に「海軍兵学寮」と改称、兵部大丞川村純義が兵学頭を兼任している。

兵学校の前身は兵学寮ということになっているけれども、明治四年十月に「海軍士官学校」が築地の海軍兵学寮の隣に設置され、明治九年に海軍が「海兵科」を廃止したため閉鎖、生徒はそのまま兵学寮に横すべりしたという。だから中間に「海軍士官学校」もあったわけだ。

明治三年四月、兵部省御用掛・柳楢悦は兵部卿の諮問にこたえて、海軍創立の急務をとなえているが、その中で「海士の教育」を特に重視し、次のように述べている。

「軍艦は士官を以て精神とす。士官なければ水夫その用を為《な》す能《あた》わず。水夫用を為さざれば、船その用を為さずして無用廃物となる。而《しか》して海軍士官となるの、学術深奥にして容易に熟達する能わず。ゆえに速《すみや》かに学校を創立し広く良師を選挙して、能《よ》く海士を教育すること、また海軍創立の一大緊要事なり」

シベリア出兵（少尉のころ）

少尉になりたてのころ、いわゆる〝新任少尉〟のころに、私は当時巡洋艦「阿蘇」陸戦隊の小隊長でシベリアに出征した。大正八年の夏であった。

そのころ、練習艦隊「磐手」に乗組んで太平洋の警備を兼任していたが、帰ってくるとすぐ、「阿蘇」に配乗を命ぜられ、舞鶴から乗艦し、七月九日にニコライエフスクに上陸した。尼港事件の前である。

ニコライエフスクで陸戦隊を編成したが、装備といえば小銃と機関銃ぐらいのもので、手榴弾もなければ野砲もない。いまのベトコン以下の軽装備である。こんなプリミティブな装備でよくもパルチザンを追撃したものだが、なにしろホヤホヤの新任少尉だから、天下の大勢は知らない。それでも小隊をあずけられて、ハリキリ小隊長はむやみに突っ込んで行った。奇襲上陸でニコライエフスクの兵営を包囲して、三百人ぐらいを捕虜にしたこともあった。

ニコライエフスクは漁業が盛んなところで、サケなんかいくらでもいる。艦上から水兵が入港のときに測深しながら「海底は魚」と報告する。たいていは「海底岩」とか「ドロ」「砂」とか報告するものだが、ニコライエフスクでは魚である。それくらい魚が多かった。私たちは軍隊煙草の「ほまれ」一本と生ザケ一本を交換したりした。

パルチザンを捕虜にすると、その中に正規兵もいれば、過激派もいるという奇妙なことがよくあった。

ロシアの軍艦と日本の駆逐艦とがニコライエフスクで停泊していると、国際慣例にしたがって訪問使がくる。訪問使というのはいつまで停泊するか、また石炭、食糧に不自由はないか、艦長はだれかなどを相互に聞き合わす使節であるが、そのときは帝政ロシアの艦長と一緒に、革命派の実権者が必ず一人くっついてくる。

「なるほど、こういうものかな」と、私はわからないままに革命の実体を垣間《かいま》みたような気がした。陸軍の兵隊の中ではシベリア出征から帰って、だいぶ左傾したものもあるようだが、海軍ではごく稀《ま》れであったようだ。

当時ウラジオストクにいた軍艦「三笠」が、左傾水兵を処刑したなどというデマが飛んだりしたそうだが、そんなことは絶対なかったし、現地にいた私の耳にはいったこともなかった。

パルチザンを追撃しながら、私には思想的な悩みなどなかった。天皇陛下の軍人として、ただその任務を果たすことに夢中であった。親ゆずりで、乗馬が得意だったから、拳銃を吊《つ》って、長剣を帯び、西部劇の若者のようにシベリアの荒野を飛ばして痛快がっていた。兵学校在校中（大正六年七月）に父が亡くなって、襲爵していたので、そのころは男爵になっていた。そして新任少尉のホヤホヤ男爵は帝政ロシアの敵であるパルチザンと戦ったのである。トルストイやツルゲーネフの名前も「カチューシャ」以外の何物でもなかった。兵学校とトルストイとは無縁であったのである。

しかし、もう故人であるが、米内光政大将は、よくロシア語の本を読んでいたし、ゴーリキーの愛読者でもあったそうだ。広瀬武夫中佐も実らぬロマンスをロシアに残したというが、パルチザン討伐にロマンスはない。私はひたすら前線でチェコスロバキア軍救援の熱意とパルチザンへの敵意を燃やしていた。

シベリア出兵が〝無名の師〟であろうが、なかろうが、どうでもよかったし、当時の私にわかるはずもなかった。またそういうことを考える余裕もなかったのである。

後年、兵を動かすことがどんなに重大なことであり、下手に動かせば、自分が潰《つい》えることだと悟るようになったが、そのころは恐《こわ》いもの知らずで、ボルシェビキが何であるかもわからなかった。
当時のシベリア農民は素朴で、実にいい感じだったが、パルチザンは違っていた。

撤兵と米騒動

私がニコライエフスクを撤退したのは大正八年の秋で、ハバロフスクから下ってきた水戸の連隊と入替わった。私は志願して残ろうかと考えたくらいだった。ニコライエフスクには海軍の通信隊と若干の守備隊、民間人合わせて約四、五百人いたわけだが、それがパルチザンに皆殺しにされた。私の知人もその時死んだ。ニコライエフスクの獄壁に書かれた有名な
「大正九年五月二十四日午後十二時忘るな」
の居留民遺書のことはシベリアを引揚げ日本へ帰って来てから聞いたのだが、呉に着くと、同期の少尉連中が「貴様《きさま》はシベリアにいていいことをしたな。おれたちは内地で米騒動の鎮圧にかり出されてえらい目にあったぞ」と、口々に言うのである。富山の一魚港に端を発した米騒動は軍港の呉にも波及し、呉には海兵団も防備隊もいるのに、わざわざ連合艦隊の陸戦隊を上げて鎮圧したというのである。仲間の新任少尉たちは陸戦隊の小隊長で、いままで想像もしなかったような場面に立向かわされて、同胞に銃を向けるはめになったのだ。

はじめは弾丸を持たせられなかった。すると民衆はそれを知っていて、逆に強くなり、水兵の構えている銃を取上げようとする。そこで結局、実包を渡すことになった。すると兵隊たちも粛然とするし、民衆も以後は恐れて近づかなくなった。

鎮圧の全責任を負わされた新任少尉たちは冷や汗タラタラで「あんなに苦しかったことはない。外国とドンドンパチパチやる方がずっとよい。こんな貧乏くじを引いたわれわれにくらべたら、シベリアで威勢よくやっていた貴様の方が、よっぽど気が利《き》いている」というわけでうらやましがられたものである。

米一升（一・四三キログラム）いくらすることも知らなかった私ではあるが、同じ国内に三十八度線や十七度線が引かれ、ベルリンの壁がきずかれるようなことは絶対あってはならないという気持でいっぱいだ。

佐世保や羽田の学生騒動を見るにつけても、これは食うや食わずの闘いではないから、まだ救いはあるが、ほんとに飢えた民衆がたち上がったとき、これに果たして銃口を向けられるものであろうか。私はいま為政者に同胞相撃つ事態だけは絶対に起こしてはならないことを切にのぞんでいる。

戦争で成金が出現したが、米の買占めや、不当利得者の根源をさぐってみると、シベリア派遣軍への米の需要が急増したこともあずかって力があったことは否定できないと思う。

新任少尉、パルチザン、米騒動と三題ばなしめいたが、ロシア革命の影響は実に根深いものだと思う。

「ジュネーブ」……国際連盟……軍縮

一九三〇年一月から、ロンドン海軍軍縮会議が開かれていた。筆者はその前年末に海軍大学校を卒業して、少佐になりたてであったが、仏国駐在を被仰付（おおせつけられると読む、つまり命ぜられるということである）、海路一ヵ月かかって三十年二月初旬、マルセイユに着いたトタンに、国際連盟陸海空軍問題常設諮問委員会帝国海軍代表部随員、国際連盟軍備縮小会議準備委員会帝国代表委員随員という長い長い名前の職に任ぜられてしまった。

日本を出る時は、フランスのどこかの大学で主としてフランス語を勉強して来いという命令であったのが、まだ勉強もしないうちに、ジュネーブで軍縮の仕事をせよといわれたのだからつらかった。

国際連盟における常設軍縮委員会に対する日本の代表委員は佐藤尚武大使であり、海軍代表部は佐藤市郎海軍大佐が代表であったが、この佐藤代表は、後の首相岸信介、佐藤栄作両氏の長兄であることは前述したが、海軍切っての秀才といわれた人であった。

約三年、パリやジュネーブに勤務して一九三二年秋に帰朝するまで、国連における大きなことというと、満州事変、上海事変に対する列国の非難に対し、芳沢全権や佐藤尚武全権がジュネーブで孤軍奮闘したことと、一九三一年（昭和六年）に「ジュネーブ」一般軍縮会議があって、列国の大全権団がジュネーブに集まって数ヵ月間の大会議をやったが、大した成案を得なかったことぐらいのものであった。

この間に筆者が学んだことを挙げると、次のようなことがあった。

【カリカチュア（諷刺《ふうし》画）の威力】

当時、外国ではこんな風刺画で軍縮会議を皮肉ったものもあった

満州事変、上海事変というような戦争が起こったので、ジュネーブの国際連盟は大騒ぎであったのは当然であるが、中国の宣伝が上手で、日本のは下手であるのはお国柄で仕方がないとあきらめてはいたが、地元の新聞や欧米紙が実に巧みな諷刺画で日本を非難して来るのには弱った。

日本政府も新聞もクソ真面目《まじめ》な声明文や弁解文を出すが、長ったらしくっておもしろくもない論文は、一般人もジャーナリストも出先では読まない。そこに巧妙に日本の野蛮さを表現したカリカチュアをパッと出されると、寸鉄で刺されたような気がしたものである。

やっぱり米国紙のが鋭かったが、英国のも諷刺に威力があった。また当然、中国のにもお目にかかったが、この方はリファインされていない誇張だけのものなので、あまり痛くはなかったが、これからの宣伝戦上、勉強しなくてはならないと痛感して、各国新聞の諷刺画を皆切抜いて、海軍報道部長に送って参考に供したが、その後少しも進歩しなかったようである。

【後ろ向きの電報】

出先機関というものは、本国中央に対してできるだけくわしく、会議や交渉の状況を報告したり、意見を具申するのが当然であるが、これが外務、陸軍、海軍となると大変行き方が違っていたからおもしろい。

外務省のは会議の経過から新聞論調まで、それこそ一字一句も省略せず、しかも交渉なぞは相手の手ぶりそぶりまで暗号電報で報告される。なんぼ親方日の丸でも、電報料は莫大なものになるが、電報料の多い方が仕事量が多いと評価されるらしい。またどこの外交電報でも、この流儀で暗号電報が多量に出るので、外交電報というものは、どこの国でも暗号の秘密度が低くなるようである。

次に陸軍の場合であるが、ジュネーブで感じたことは、日本の陸軍中央に気に入るような情報や意見が出先から打電される傾向があったようである。何しろ当時は、日本が満州事変や上海事変に突入して、ジュネーブの国連では手におえない侵略者のように扱われていたので、そのとおりを本国に電報すると、中央はカッカと頭に来ることは当然なので、少し手加減して打たないと、出先は何をしておるか、ということにもなり、出先無能論にハネ返ってくるおそれがある。そこで「後ろを向いて電報を打つ」ということになるのであろう。このことはロシアのスターリン、フルシチョフ時代でも、中共の毛沢東に対しても、在外使臣は恐ろしい本国の独裁王に対して、ご機嫌の悪くなるような電報は打たないものらしいのである。このことは中共の在アフリカ大使連や、インドネシアの九・三〇クーデターの時の間違いにも出てきており、独裁専制王が意外の失策をやる一つの原因でもあるようである。

次に海軍の情報の打電の仕方であるが、海軍はその通信機構上電報は極端な簡潔主義で、冗長《じょうちょう》な電報でも打とうものなら、叱られるか軽べつされる風習をもっていた。ジュネーブでも出先海軍は電報は少なく短いのを常としていたし、第一電報料なぞというものは、外務省の正反対に非常に切りつめられていたのである。

【弱国の軍人は多く華美な服装をしていた】

当時、国際連盟には各国とも多くの軍人を派遣していたが、常設軍縮委員会があったり、大きな一般軍縮会議があったせいもあるが、この軍人達を観察していると、革命後の国や独立後の国の軍人は皆若くて服装も簡素であるのに反し、イタリアとかルーマニアの軍人の服装は華美で装飾や勲章が多く、本国軍隊もあまり精強でないこともわかっていた。

そこで筆者は妙な観察眼になって現在もそう判断しているのであるが、軍人がチンドン屋のような服装をしはじめた国はそろそろ下り坂で、軍隊は弱くなってくるということである。お隣の中共が、毛沢東、林彪、周恩来ら以下大革命後の上級軍人たちまで皆デコレーションや勲章のない簡素な服装をしている間が恐ろしいので、これが大礼服のような軍服を着出したら、もうそれほど恐ろしくないという見方である。

【軍人と軍縮】

ジュネーブの国際連盟に軍縮問題で派遣されている間、軍人であるからといって、軍縮に反対するような気持はだれも持っていなかったことは確かである。特に海軍問題はロンドン海軍軍縮条約が出来た直後でもあり、大した問題は残っていなかったが、「寿府〔ジュネーブ〕一般軍縮会議」で、陸軍の軍縮という問題となると、これは実は大変にむずかしい点がわかってきた。第一に軍隊といっても重装備のものもあり、民兵のようなものから警察隊のようなものまで、国々によって伝統もあり解釈も違うので、天引に何割縮小せよといったところで意味をなさないということがあり、またソ連のように絶対に軍縮の意思を持っていなくって会議には口を出すという国があると、どうにも進めようがないということもあった。それでも軍縮委員会で絶えず顔を合わせて論じていると、各国の考えていることや、駆引きのやり方もわかってきて、少なくとも軍縮会議をやっている間は突然戦争を仕かけたりしないような気持になるから不思議な効用があるように感じたものである。

これが現在の「国際連合」でも、常設的に軍縮委員会が続けられているわけであろう。イスラエル、アラブ戦争があったり、ベトナム戦争があっても「国連」では平気な顔をして軍縮会議を続けたり休んだりしているのも、何かの効用があるからであろう。

私のこのジュネーブ時代は、ちょうどドイツではナチスが第一政党となり、東洋では満州事変が起こり、支那事変に入りはじめた時代で、ジュネーブ国際連盟が蒸発する直前の時機であった。

太平洋戦争の予測

記録は語る

太平洋戦争の戦力予測を開戦二年以降見通せなかったことに対し、私はいまでも深い悔いを抱き、この老骨に鞭《むち》打って〝未来予測〟に取組んでいる次第だが、当時、対米英蘭の三ヵ国同時作戦遂行について、陸、海軍ならびに政府当局がどのような見通しを持っていたか、いま一度振りかえってみて〝敵を知る〟ことがどんなにむずかしいかを考えてみたい。孫子は「知彼知己百戦不危」（彼を知り己を知れば百戦して危うからず）と言っているが、これほど実際にやってみてむずかしいものはない。

まず日本側の公式記録をみてみよう。

「対米英蘭戦争における初期および数年にわたる作戦的見通し」についての大本営・政府連絡会議（東条内閣成立直後に国策の再検討を行なった）における結論が、そのころの情勢を一番正直に物語っている（昭和十六年十月二十九日、連絡会議で国策再検討を開始し、十一月五日の御前会議で対米英蘭戦争決意の「帝国国策遂行要領」を決定)。

【対米英蘭戦争における初期および数年にわたる作戦的見通し】

一、陸軍作戦

南方に対する初期陸軍作戦は、相当の困難あるも必成の算あり。爾後は海軍の海上交通確保と相俟ち所要地域を確保し得べし。

二、海軍作戦

初期作戦の遂行および現兵力関係を以てする邀撃（ようげき）作戦には勝算あり。初期作戦にして適当に実施せらるるにおいては、我は南西太平洋における戦略要点を確保し、長期作戦に対応する態勢を確立すること可能なり。而して対米作戦は、武力的屈敵手段なく長期戦となる覚悟を要し、長期戦は米の軍備拡張に対応し、我が海軍戦力を適当に維持し得るやに懸り、戦局は有形無形の各種要素を含む国家総力の如何および世界情勢の推移の如何により決せらるるところ大なり。

以上が初期および数年間にわたる陸、海軍の作戦的見通しであるが、陸軍作戦の見通しについては、昭和十六年十一月五日の御前会議で杉山元参謀総長が、また海軍作戦については、その前に永野軍令部総長が九月六日の御前会議で、それぞれ説明しているので、引用しておく。

【永野軍令部総長陳述＝九月六日・御前会議】

○…（前略）万一平和的打開の途なく戦争手段によるのやむなき場合に対し統帥部として作戦上の立場より申上げますれば、帝国は今日、油その他重要なる軍需資材の多数が日々涸渇への一路をたどり、ひいては国防力が逐次衰弱しつつある状況でありまして、もしこのまま現状を継続していきますならば、若干期日の後には国家の活動力を低下し、ついには足腰立たぬ窮境に陥ることを免れないと思います。

○…またこれと同時に極東における英米その他の軍事施設および要地の防備ならびにこれら諸国家特に米国の軍備は非常なる急速度を以て強化増勢されつつありまして明年（昭和十七年）後半期ともなりますれば、米国の軍備は非常に進捗し、その取扱い困難となるの情勢にあります。故に今日、何ら為すところなく荏苒《じんぜん》日を過しますことは現下の帝国にとりて、はなはだ危険なりといわなければなりませぬ。

○…したがって外交交渉において、帝国の自存自衛上のやむにやまれぬ要求すら容認せられず、ついに戦争避くべからざるに立到りますならば、帝国としては先《ま》ず最善の準備をつくし、機を失せず決意、特に毅然たる態度をもって積極的作戦に邁進し、死中に活を求むるの策に出でざるべからずと存じます。

○…作戦の見透しに関しましては、彼が最初より長期作戦に出づる算は極めて多いと認められますので、帝国といたしましては、長期作戦に応ずる覚悟と準備とが必要であります。

○…もし彼にして速戦即決を企図し、その海軍兵力の主力を挙げて進出し来り、速戦を我に求むることあらば、これ我が希望するところでございます。
○…欧州戦争の継続中なる今日、英国が極東に派遣し得る海軍兵力は相当の制限を受くべく、したがって英米の連合海軍も、これを我が予定決戦海面に邀撃する場合、飛行機の活用等を加味考量いたしまするに勝利の成算は我に多しと確信いたします。
○…ただし帝国がこの決戦において勝利を占め得たる場合におきましても、これをもって戦争を終結に導き得ること能わざるべく、恐らくは爾後彼は、その犯されざるの地位、工業力および物資力の優位を恃（たの）んで、長期戦に転移するものと予想せられます。
○…帝国といたしましては、進攻作戦をもって敵を屈し、その戦意を放擲せしむるの手段を有しませず、かつ国内資源に乏しきため、長期戦は甚だ欲せざるところではありますが、長期戦に入りたる場合、よくこれに堪え得る第一要件は〈開戦初頭速かに敵軍事上の要所および資源地を占領し、作戦上堅固なる態勢を整うると共に、その勢力圏内より必要資材を獲得するにあり〉この第一段作戦にして適当に完成されますならば、たとえ米の軍備が予定通り進みましても帝国は南西太平洋における戦略要点をすでに確保し、犯されざる態勢を保持し、長期作戦の基礎を確立することができます。
○…その以後は有形無形の各種要素を含む国家総力の如何、および世界情勢推移の如何に因りて決せらるるところ大であると存じます。

○…かくの如く第一段作戦の成否は長期作戦の成否に大なる関係がございますが、第一段作戦成功の算を多からしむる見地より、その要件といたしますところは〈第一は彼我戦力の実情よりみまして、開戦を速かに決定しますること〉〈第二は彼より先制せらるることなく、我より先制すること〉〈第三には作戦を容易ならしむる見地より、作戦地域の気象を考慮する〉ことなどが極めて必要でございます。

○…もとより作戦の準備は外交交渉の成行を充分考慮いたしまして、慎重これを進めて参る所存でございます。

○…なお一言附け加えたいと思いますが、平和的に現在の難局を打開し、もって帝国の発展安固を得る途は、あくまで努力してこれを求めなければなりませぬ。決して避け得る戦をも是非戦わなければならぬという次第ではございませぬ。同時にまた、大坂冬の陣の如き平和を得て翌年の夏には手も足も出ぬような不利なる情勢の下に、再び戦わなければならぬ事態に立到らしめることは皇国百年の大計のため執るべきに非ずと存ぜられる次第でございます。

この後で、杉山参謀総長が陳述したが、そのとき「ただいま軍令部総長の説明には陸軍部としても全然同意でございます」と言い、主として戦争準備と外交交渉との関係について述べた。

【杉山参謀総長陳述＝十一月五日・御前会議】

○…南方に対しまする初期の陸軍作戦の主体は上陸作戦でございまして、敵の潜水艦、飛行機の攻撃を排除しつつ、炎熱の下、長遠なる海面を経て、防備せる敵の根拠に対し行なう上陸作戦でございまするので、相当の困難を予期しております。しかしながら、大局的に見まして、敵側の戦力が広地域に、しかも海を隔てて分散し、協同連繫が困難でありまするに対し、我は集結せる戦力を急襲的に使用し、敵を各個に撃破することができまするので、陸海軍の緊密なる協同と相俟ちまして必成を確信致しております。

○…上陸後の作戦は、彼我の編成、装備、素質、兵力等より考察し、我に絶対的確算ありと信じております。

右作戦一段落しましたる後におきましては、政戦両略の活用、特に海軍作戦の成果により、極力戦争を短期に終結する如く勉めましても、戦争は恐らく長期にわたることを覚悟致さなければなりませぬが、敵の軍事根拠あるいは航空基地等を占領して、これを確保し、戦略上不敗の態勢を占め得まするので、諸般の手段をつくし、敵の企図を挫折せしめ得るものと存じます。

○…南方作戦に伴いまする対ソ防衛ならびに対支作戦は、概ね現在の態勢を堅持し、これにより北方に対しましては不敗の態勢を強化し、支那に対しましては南方作戦の成果を利導し、事変解決に寄与せしめ得るものと存じます。

こういう見通しをもって始められた太平洋戦争は、上〔四七ページ〕のようなタイム・

テーブルを、はるかに短縮した結果となった。

左ページの表を見てもわかるようにとにかく、行動は、場合によっては、予測を半分も短縮したくらい早かった。ただ、バターン半島攻撃では、コレヒドール陥落（昭和十七年五月七日）までに五ヵ月を要したのである。

これだけの早業をやってのけた帝国陸、海軍や日本人全体の能力を、一般アメリカ人はどのようにみていたのであろうか。

「アメリカの対日関係の底流には、日本人の才能に対する恐ろしいほどの過小評価があった。多くのアメリカ人には、日本人は出っ歯で、角ぶち眼鏡をかけ、勤勉だが融通性のない、想像力の働かない、もの真似のうまい、おかしな小男としか映っていなかった（後略＝リーダーズ・ダイジェスト社刊『トラトラトラ』から引用）」

しかし、アメリカ軍当局側は、真珠湾が奇襲される恐れも充分にあると警告していた。ウィリアム・F・ノックス海軍長官は昭和十六年（一九四一年）一月二十四日、ヘンリー・L・スチムソン陸軍長官に対して次のような書簡を送った。『トラトラトラ』にはこう書かれている。

「日本と戦争になる場合、真珠湾にあるわが艦隊や海軍基地に対する奇襲攻撃によって戦闘が開始されることが、容易に可能であると信じられる。小官の意見では、わが艦隊または海軍基地が受ける大惨害の可能性にかんがみて、できるだけすみやかに、そのような奇襲攻撃に対処する陸海軍の共同準備を増進するため、あらゆる手段をとる必要があると考える」

キンメルは新太平洋艦隊司令長官として重大な挑戦に直面していることをよく知っていた。彼はまたオアフ島に対する日本の攻撃の危険性にも気づいていた。そこで長官となってからちょうど二週間後の昭和十六年二月十五日に、指揮下の太平洋艦隊に次の秘密指令を出して警告した。

「開戦の布告に先立って、真珠湾の艦船に対する奇襲攻撃があるかもしれない」

この日本の奇襲の可能性についての想定は、昭和十六年（一九四一年）につくられた二つのすばらしい、また驚くほど正確な幕僚報告にも述べられている。その最初のものは、三月三十一日付で、ハワイ陸軍航空部隊指揮官フレデリッ

陸海軍統帥部の対南方作戦予測と実際（図上、兵棋演習による）

香　港	作戦開始後約二十日	（実際は十八日） 英軍は半年の持久予想
マニラ	〃　約五十日	（〃二十五日） 昭和十七年一月二日
シンガポール	〃　約百日	（〃六十九日） 昭和十七年二月十五日
ジャワ	〃　約百五十日	（〃　九十日） バタビヤ占領、昭和十七年三月五日

＊第一段作戦終了は概ね五ヵ月

ク・L・マーチン陸軍少将とハワイ海軍航空部隊指揮官パトリック・N・L・ベリンジャー海軍少将との共同研究によるものであった。また、同年の十一月二十二日にスターク作戦部長がリチャードソン大将に送った次の書簡に注目したい。

「タラントの海戦以来、真珠湾にあるわが艦隊に対する小生の関心は、今までも大きかったが、さらに深まった。ハワイ水域に対する奇襲攻撃で、その効果が最大にあがると思われる目標は、この根拠地に在泊する艦船であると思われる」

タラント海戦とは同年十一月十一日にイタリアのタラントに在泊するイタリア艦隊に対して、イギリス艦隊がスウォード・フィシュ雷撃機（複葉の艦上雷撃機で日本海軍がハワイ海戦に使用した九七式艦上攻撃機とは比較にならないほど性能が劣っていた）で、航空魚雷攻撃を加えたものであった。それは世界の海戦で、航空魚雷攻撃を加えた最初のものであったが、それはまた、そのような恐るべき航空攻撃がほかのところでも実施できることを示唆した時機をえた警告でもあった。

この研究はその分析にいささかの手心も加えず、次のようにはっきりと言い切っていた。

「日本は過去の戦争で宣戦布告をして戦いを開始したことは一度もない。これがため、日本の快速航空母艦部隊がわが諜報機関からの警報のないうちにハワイ水域に近づき、五百四十キロ以内から、おそらくは早朝に、航空攻撃をかけてくることがありうる。しかしその場合、オアフ島には日本の航空母艦が奇襲をかけてくる前に、これを発見できるほどの、充分な哨戒を行ない得る哨戒航空兵力はないだろう」

第二の研究は、ハワイ航空部隊の第五爆撃航空隊指揮官ウィリアム・E・ファーシング大佐と数人のアシスタントによってつくられ、マーチン少将の署名を得た上で、八月二十日付でワシントンへ送られたものである。

この研究は薄気味悪いほどの正確さで、十二月八日に実際に起こったことを、ほとんど正確に予言している。日本海軍は「おそらくは最大限六隻の航空母艦を使用し」、北方から攻撃をかけてくるであろう、と。ファーシング大佐はさらに

「オアフ島に対する早朝の攻撃が敵にとってもっとも有利であろう。なぜならば、敵の航空母艦部隊はオアフ島に近接するのに夜陰を最大に利用することができるからである。これに対抗するには、アメリカ航空部隊としては、敵が攻撃開始地点に達する前の日、つまり敵がB17D型爆撃機の攻撃圏内にはいってくるやいなや、これに攻撃を加えなければならない。敵はおそらく最大の兵力で全力攻撃をかけてくるであろうし、攻撃が成功するならば自己の損害を意に介しないであろう」

と述べている。

日本の攻撃の機先を制する手段として、同報告はまず第一に、昼間ハワイの全域に完全な航空哨戒を持続すべきであり、そのために、ハワイ航空部隊は百八十機のB17D型爆撃機、または同じ航続力を持つ四発の爆撃機が必要である、と意見を具申していた。このよ

うな日本の奇襲攻撃に対する関心にもかかわらず、アメリカはなぜそれに対する準備を怠ったのだろうか。

まず第一に、いろいろな資料からみれば、アメリカはそのような可能性を理論的には認めていたものの、それを頭のなかだけにとどめて、行動に移すまでにはいたらなかったのである。言いかえれば、観念的には認めてはいたが、それを信ずることができなかったのだった。

以上のような予測を持ちながら、米軍は真珠湾で奇襲を受けたのである。

米国の指揮と戦略

C・W・ニミッツとE・B・ポッター共著による『ニミッツの太平洋海戦史』によると、米国は十二月八日、宣戦布告をもって日本の攻撃に応えた。そこで、日本の同盟国であるドイツとイタリアは、米国に対して宣戦した。この新たな情勢は、米海軍におけるいくつかの指揮と軍政上の変化をもたらした。十二月中旬、チェスター・W・ニミッツ提督が太平洋艦隊司令長官に任命され、一九四二年四月、彼は太平洋方面指揮官を兼任した。これによってニミッツ提督は、マッカーサー将軍の南西太平洋と、そのころ平穏であった南東太平洋を除く太平洋全域を指揮する権限を与えられたのである。ニミッツ提督は亜麻色の頭髪と青い目をしたテキサス人で、海軍兵学校は一九〇五年クラスであ

51　太平洋戦争の予測

太平洋戦争における日米海軍兵力比

	航空母艦				戦艦		巡洋艦				駆逐艦		潜水艦		対米比率
	正規		護衛				重巡		軽巡						
	日	米	日	米	日	米	日	米	日	米	日	米	日	米	
戦争開始時	6 (138)	7 (169)	4 (45)	1 (11)	10 (301)	17 (537)	18 (159)	18 (178)	20 (99)	19 (160)	112 (157)	172 (241)	65 (85)	111 (144)	69.5
真珠湾攻撃後	6 (138)	7 (169)	4 (45)	1 (11)	10 (301)	13 (410)	18 (159)	18 (178)	20 (99)	19 (160)	112 (157)	172 (241)	64 (83)	111 (144)	76.2
ミッドウェー海戦前	6 (138)	6 (136)	6 (86)	2 (20)	11 (365)	16 (530)	18 (159)	17 (169)	20 (99)	23 (194)	109 (152)	184 (267)	63 (82)	120 (155)	74.8
ミッドウェー海戦後	2 (51)	5 (116)	6 (86)	2 (20)	11 (365)	16 (530)	17 (150)	17 (169)	20 (99)	23 (194)	109 (152)	183 (264)	63 (82)	120 (156)	57.6
ガダルカナル反攻前	2 (51)	5 (116)	7 (111)	3 (29)	11 (365)	17 (573)	17 (150)	17 (169)	20 (99)	25 (211)	108 (151)	198 (295)	65 (85)	127 (165)	65.7
ガダルカナル放棄後	2 (51)	4 (110)	8 (113)	13 (126)	10 (374)	18 (616)	14 (129)	12 (121)	19 (97)	27 (233)	91 (138)	239 (382)	66 (86)	143 (186)	58.1
1943年末	2 (51)	10 (280)	10 (138)	44 (437)	9 (341)	22 (809)	14 (129)	16 (178)	20 (109)	32 (274)	70 (100)	344 (596)	80 (104)	179 (233)	35.3
マーシャル反攻前	2 (51)	11 (308)	11 (149)	48 (470)	9 (431)	22 (809)	14 (129)	16 (206)	19 (104)	33 (283)	67 (96)	350 (608)	84 (109)	182 (236)	34.1
マリアナ海戦前	3 (51)	13 (365)	11 (149)	66 (641)	9 (341)	23 (852)	14 (129)	16 (178)	15 (86)	34 (291)	59 (84)	379 (667)	73 (95)	204 (265)	29.9
マリアナ海戦後	1 (26)	13 (365)	10 (125)	66 (641)	9 (341)	23 (852)	14 (129)	16 (178)	15 (86)	34 (291)	59 (84)	379 (667)	72 (94)	204 (265)	27.4
レイテ湾海戦前	3 (60)	15 (421)	8 (99)	74 (707)	9 (341)	23 (825)	14 (129)	18 (233)	13 (73)	40 (342)	54 (79)	396 (702)	62 (81)	225 (293)	24.9
レイテ湾海戦後	3 (51)	15 (421)	5 (65)	72 (688)	6 (215)	23 (825)	8 (74)	19 (247)	9 (51)	40 (342)	47 (68)	376 (703)	63 (82)	227 (295)	18.0
沖縄戦前	2 (34)	17 (478)	4 (48)	74 (707)	5 (187)	24 (859)	6 (55)	20 (261)	8 (44)	45 (385)	32 (45)	406 (725)	61 (79)	241 (313)	13.5
日本降伏時	1 (17)	20 (574)	3 (45)	81 (786)	1 (34)	24 (859)	3 (27)	26 (350)	5 (31)	49 (418)	31 (37)	456 (945)	64 (83)	262 (341)	6.4

備考（1）数字は隻数（カッコ内の数字は単位1000トンの排水量を示す）（2）米海軍の兵力は太平洋・大西洋の両洋全兵力を示す（3）米海軍は1940.8.19両洋海軍法案を可決（完成目標1945年）（4）対米比率は米国を100としたもの（戦力は比率の自乗に比例する）

（雑誌「丸」昭和33年10月特集号から転載）

る。謙虚で如才がなく、人事問題と情勢についての判断は適正で、彼の任命はまったく適材適所であることが証明された。

キング提督がニミッツ提督に与えた十二月三十日付けの最初の命令は、ニミッツ提督の任務を次のように明らかにした。

㈠ ハワイからミッドウェーにいたる線をカバーし、確保するとともに、米国西岸との間の交通線を保持する。

㈡ できるだけ早く、主としてフィジーを含むハワイからサモアにいたる線をカバーし、確保するとともに、米国西岸と豪州の間の交通線を保持する。

大まかな表現でいえば、米国の戦略は、ダッチ・ハーバー（アリューシャン列島）からミッドウェーを経てサモアへ、そこからニューカレドニアとニューギニアのポート・モレスビーにいたる線を、これ以上の日本軍の侵攻に対して持ちこたえようとするのであった。そしてこの線を確立するための時間をかせぐため、ハート提督のアジア艦隊は〝捨石〟作戦を実施する運命にあった（実松譲、富永謙吾共訳）。

開戦当時の日米海軍の兵力比（前ページ）をみると、終戦時にくらべて、感無量である。

太平洋戦争の認識（有限戦争と無限戦争）

私は、太平洋戦争の開戦と終戦の様相を海軍部内にあってつぶさに見てきたし、また戦後も史料調査会に拠り、戦争の真相究明につとめてきたが、いま一番痛感しているのは太平洋戦争を顧みて、日本軍には「作戦研究」はあったが「戦争研究」がなかったということである。私たちは「軍人は政治に干与すべからず」というシツケを、いやというほどたたきこまれてきたが「これはしまった」と今でも痛感する次第である。

なぜ「しまった」かというと、陸軍はさほどではないが、海軍はことさら「サイレント・ネービー」に徹することを心掛けて、政治に対し、すっかり臆病になってしまったからである。

これについては幾多の反省も出ているので、その代表的な例をあげてみることにしよう。

陸軍は海軍と違って地方の連隊で中、小隊長をつとめれば農村出身の徴兵壮丁と接する機会が多いし、彼らと起居を共にした場合、凶作で妹が身売りしたなどという話を聞いたならば、それは直接政治への不信と怒りとなって、いや応なしに政治的になってゆくことは必至である。

陸軍の方がそんな環境なのにくらべ私自身は海軍にいてどうであったかというと、兵学校在学中に父（男爵、定恭中将）が死んだので、そのまま襲爵し、成年になると貴族院議員の一人として一票を行使する権利を得ていた。しかし、大尉ぐらいになってから、その権利ゆえにいろいろと煩悶《はんもん》した。いわゆる〝親の七光り〟がいやでいやでたまらなくなってきたことがある。いまの芸能人の間では「七光り会」などというのがあるそうだが、人間だれしも親の七光りをジャマ扱いする日が必ずあるものだ。上流社会の子弟の中に、昔はよく〝赤かぶれ〟があったようであるが、私は軍人で、しかも海軍であったから、政治への嫌悪感がつのって、貴族院議員の一票を行使することをはばかっていた。そのころ同じ貴族院の某海軍先輩が、私に「君は政治に干与すべからず」という軍人勅諭にかかずらわっているようだが、勅諭のいう〝政治〟と一票の行使とは、ワケが違うのだから、投票だけはしなければいけないと、懇々《こんこん》とさとされたことがあった。

五・一五事件では、海軍の青年将校が主導権を握っていたようだが、いまから想《おも》えば、ずいぶん未熟な政治観しか持合わせていなかったようだ。

だが、年をとってから、つらつら海軍生活をふりかえってみて、軍人はもっと政治を理解しなければいけないなと痛感しているのである。

親の七光りもさることながら、当時は軍縮時代であったし、それにつまらぬところへやられたりして嫌気がさしていたのだが、練習艦隊時代に司令官だった鈴木貫太郎大将が「おれも若いころは悩んで、軍人をやめようと思ったこともある」といわれたのを思い出して、それからまた猛勉強を始めたものだった。

話が飛んでしまったが、戦争研究といえば、当時「総力戦研究所」もできていたが「総力戦」に対する認識がおそすぎたと思う。いわばドロナワで底の浅いものだった。クラウゼビッツも言っているように、戦略といっても、結局は政治からのがれることはできず、戦略と政略とはオーバー・ラップ（重なり合い）していることは、当時政、戦両略の一致という言葉がしばしば使われたことをみても政治が大事であることはわかっていたのだが、認識が足りなかったのである。

開戦前から、私は、この戦争を有限戦争（リミッテッド・ウォア）と見ていた。これは、私の非常な誤りであった。

いったい、戦争には、有限戦争と無限戦争の二つの見方がある。最後まで押し詰められ、殲滅されるとか、無条件降伏するとかいうところまでいくのは、無限戦争である。そこまでいかなくて講和出来るもの――それには、対等の講和もあり、勝った方が有利な条件をとる講和もあるが、いずれにせよ、これが有限戦争である。

昔の戦争は――なかには殲滅戦争もあるにはあったが、第一次大戦もふくめて、みな有限戦争だったといっていい。私は、この太平洋戦争のような近代戦も、有限戦争であると考えていた。

そういうわけで、この戦争は、敵に大損害を与えて、勢力の均衡をかちとり、そこで妥協点を見出し、日本が再び起ちうる余力を残したところで講和する、というのが、私たちのはじめからの考えであった。だが、そうはいっても、講和の希望にたいする裏付けが、とくにあったわけではない。しかし、当時は、欧州でも大戦が進行しており、最高指導者の間ではドイツも非常に勝っていることだし、バランスということもあるので、講和のキッカケはその間に出るだろう、と考えられていた。

神州不滅などという要素は、もちろんとり入れられるはずのものではなかったが、よくいわれるような、めちゃくちゃな戦争を、ただ無暗やたらに仕掛けていこうとしたわけではない。

それならば、なぜ開戦したのか。

開戦の詔勅に、自存自衛のため、大東亜共栄圏確立、言いかえると植民地解放のため、といわれているが、これが最も的確に表現してあると思う。

また、あのとき、戦争に訴えないで、アメリカのいうとおり、満州からも中国からも撤兵してしまったとすれば、一応、名目は立ったかもしれないが、満支の実権は、どうしても彼らに握られてしまう。そのうえ、油も止められていたので、それに屈すれば、日本の自立は、他国にコントロールされるといわれた。

それでも、もし無限戦争であればやむを得ない。戦争せずに、屈した方がいい。しかし、有限戦争だとすれば、こちらも辛いが、ある点で妥協はできるはずである。

こういう考え方が正しかったかどうかは、一つの問題であるが、それは措くとして、当時は、戦わずして屈することはできなかった。まったく、やむを得なかった。

もう一つ、戦争に向かわせた要素は、日本の内部革命の懸念であった。これは、永野元帥あたりも非常に心配していたが、当時は、軍部内の戦争推進勢力が、慎重論に対して革命を起こす形勢にあった。軍部革命である。軍部同士も、国民の一部も、互いに相討って、その結果は、いずれにせよ戦争に訴えなければならなくなる情勢だった。もし、彼らが先に立って戦争にはいると、いっそう重大な損害が出る。これは、結束して敵に当たり、早く講和に持ちこむべきだ、と考えられた。

もちろん、これは、自存自衛とか、植民地解放戦とかに比べると、小さな因子にすぎなかったが、とにかく、開戦を早めた一つの要素には違いなかった。

私は昭和十五年、つまり開戦の前年、海軍大学校の「戦略教官」に任命された。大学校にはそのほか戦術、戦史の教官がいたが、戦略教官となると、どうしても政治、社会全般を考慮に入れなくてはならない。いったいここで対米戦争を始めたと仮定して、食糧や衣類、石油、ひいては国民の戦意がどう変化してゆくだろうかということが真っ先に頭に浮かんできた。

こういう問題は当時あった企画院の物動担当者や総力戦研究所、満鉄調査部、所管官庁などで充分検討されていたこととは思うが、いわゆる国民生活の、国力のパワー・リミット（限界）に関する真のデータは見当たらなかった。栄養学者の出したカロリーなどもあったが、時局迎合的なもので、歯に衣を着せないような言論が当時としては封じられていたから、それもいたし方ないことだったかもしれない。

それで戦略教官の立場としては、シビリアンを使っていろいろデータを集めさせることになったのだが、一番参考になったのは戦史だった。第一次大戦末期におけるドイツ国民の戦意崩壊過程が一番切実に感じられ、食糧の配給などが常時の半分以下では必ず負けるという結論を得た。腹が減っては、いくさができぬというのはまさに至言で、二合三勺（〇・三三キログラム）の配給で空《す》き腹をかかえた国民や「欲しがりません、勝つまでは」の標語だけではあまりにも子供たちがかわいそうであった。

中共は建設途上の天災、ききんをよく乗越えたと思うが、食糧問題は思想と同じ以上に文化大革命のカギになっていると考えられる。

私たちが一番悩まされたのは米と石油で、アブラが切れたら連合艦隊は立往生しかないから必死だった。(注) アブラといっても、海軍は自分の方の艦隊、航空機用の燃料貯備に夢中で他を顧みる余裕などなかったのかもしれないが、もっと大きな目で民需、産業全般をみなくてはいけなかったと思う。〝油断大敵〟はまさにうってつけの言葉かもしれない。

米は仏印、石油は蘭印ということで、ついに南部仏印進駐（昭和十六年七月二十四日）に踏切った次第で、石油の取得をめぐる日蘭会商の決裂したのが十六年六月十七日だから、これが南部仏印進駐の直接契機と言えるかもしれない。南部仏印進駐が決まると、米英両国が即時対日資産を凍結したから、日本の運命を決したのは南部仏印進駐だとする定説は変わらないと思う。

南部仏印進駐の目的は前進基地の推進、設定もさることながらオランダへの威圧もあったわけで、進駐すればフィフティー・フィフティーではあるが、万が一オランダが石油をよこすかもしれないというバクチ的な望みがあったことは事実である。しかしそれもダメになったわけで、いよいよ開戦への決心が固まってゆくことになってしまった。そして、その決心を本当に不動なものにしたのがいわゆる〝ハル・ノート〟（ハル米国務長官の対日強硬回答）で、それが出された十六年十一月二十七日の前日の二十六日夜、ハワイ作戦機動部隊はエトロフ島の単冠（ヒトカップ）湾から出撃して征《い》ったのである。

（注）現在年に約一億トンもの石油が日本へ輸入されているが、一日当たり三〇万トンものタンカーが常時入港していることになる。ところが昭和十六年の時点では、全日本の貯油量はたったの七〇〇万トン台にすぎなかった。戦後のアメリカ側の文献をみると米海軍は日本海軍への石油禁輸にはあまり乗気でなかったことが書かれている。
『海上護衛戦』の著者大井篤氏は開戦前の貯油量について次のように書いているので参考とする。

「当時の日本の石油の全消費量は、どんなに陸海軍がおとなしくしていても、年に三五〇万トンにのぼる計算であった。それに対し、日本の国内生産は約三〇万トンの天然油と約二〇万トンの人造石油（年間）だけである。もっとも、日本は多年苦心して輸入石油を貯えてきていた。それが、昭和十六年の夏ごろには約七〇〇万トンになっていた。

当時の石油事情についてはいろいろの説がある。おもなものをあげれば、高木惣吉著『太平洋海戦史』には昭和十六年八月一日現在の全貯蔵量が九四〇万キロリットル（一キロリットルは約一トンに相当）、内地産油量は年に天然四〇万キロリットル、人造三〇万キロリットルとある。種村佐孝著『大本営機密日誌』には昭和十六年十月二十九日の判断で、全貯蔵六〇〇万トン（海軍四〇〇万、陸軍五〇万、民間一五〇万トン）国内生産三〇万トンとある。コーヘン著『戦時戦後の日本経済』には昭和十六年初頭の全貯蔵量が四八八九万バレル（七八〇万キロリットル）、同年十二月七日のそれは四三〇〇万バレル（六八〇万キロリットル）、昭和十六年の国内生産天然油は一九四万バレル（約三一万キロリットル）、人造が一二二万バレル（約十九万キロリットル）とある。コーヘン博士の資料は日本の陸海軍石油委員会、企画院、軍需省（人石については帝国燃料興業会社）の提供資料によったという。ここではコーヘン博士の資料に重点をおくことにした」

右回りか左回りか

陸海軍の連絡

当時の軍部内で、いまでいうタカ派とハト派と目される人がないではなかったが、当時のタカ派でも、アメリカの国力を考えたならば、みんな対米戦争は困難で、打倒などできないと心底思っていたのではないだろうか。上陸作戦は昔から〝三倍原則〟といって相手の三倍なければ、不可能だと言われたくらいなのを〝二倍原則〟ぐらいで、やらざるを得なかった次第で、なにしろ兵力の配分がなかなかできず、南方進出を「右回り」にするか「左回り」にするかで大いにもめてしまった。それは攻略順序のことで、右回りはフィリピン―ボルネオ―ジャワ―スマトラ―マレーをいい、左回りは反対にマレー―スマトラ―ジャワ―ボルネオ―フィリピンの順を指《さ》す。海軍は右回り、陸軍は左回りを主張して、結局ジャワを左右両翼から攻略し、フィリピン、ハワイ、マレーには同時奇襲作戦という結果が生まれたのである（六三ページ地図参照）。

開戦の時期については、X日を十二月八日にすることは、海軍がハワイ奇襲にあたり、統計により米太平洋艦隊の在泊公算が日曜日であるため非常に高いことと、月齢（下弦の月）や燃料の手持量によって、ほぼ決まっていた。ハワイの場合は夜明けだが、マレーは夜中だから、陸軍の方が分が悪かった。それから御前会議になったのだが、大本営と政府は十一月二十七日の連絡会議で十二月一日に〝開戦御前会議〟を開くことを決め、その前に政府から参謀総長と軍令部総長とに諮問があり、そのとき私たちは、本当に困ってしまったのである。

なぜ困ったかというと、お恥ずかしい次第だが、海軍としては三年以降の見通しが立たなかったからである。碁でいえば、五十手ぐらい先を当然読んでいなければならないはずなのが、山本五十六さんも言われたように、海軍としては、まず二年間は優勢を保持して戦えるが、その後はわからんというのが本音であった。

出師準備（海軍の戦争準備）

大本営海軍部は昭和十五年十一月五日、出師《すいし》準備を命じた。陸軍では動員計画だが、海軍では出師準備と言うのである。陸軍は支那事変にかこつけて着々と動員計画を実施していたから、土壇場にきてもあわてなかったのだが、海軍はちょっとあわて気味だった。いきなり戦争へ持込めるものではないから、海軍は、それまでになしくずしに出師準備をや

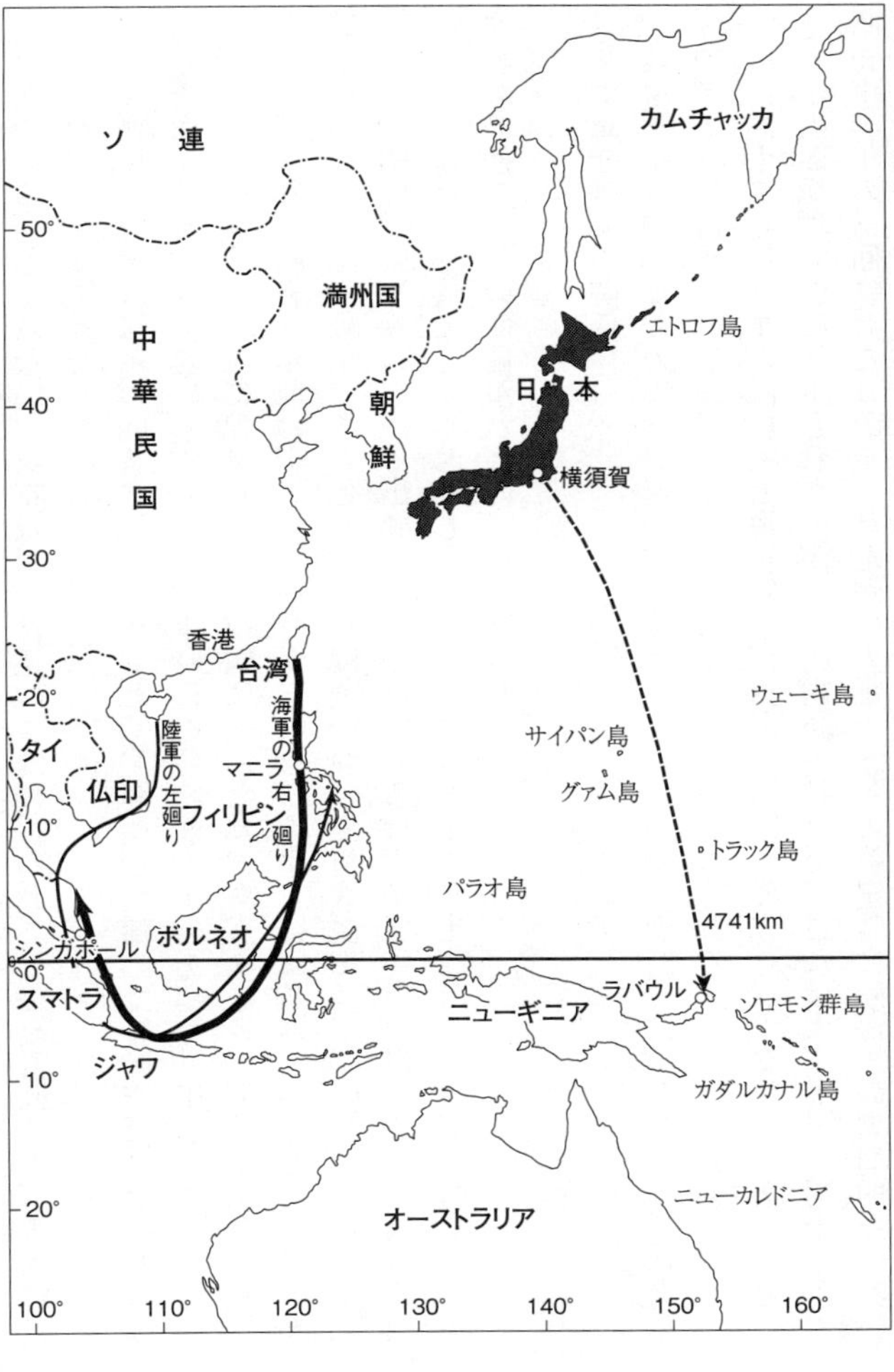
ソ　連
カムチャッカ
満州国
中華民国
エトロフ島
日　本
朝鮮
横須賀
香港
台湾
海軍の右廻り
陸軍の左廻り
マニラ
タイ
仏印
フィリピン
ウェーキ島
サイパン島
グァム島
トラック島
パラオ島
4741km
シンガポール
ボルネオ
スマトラ
ラバウル
ソロモン群島
ニューギニア
ジャワ
ガダルカナル島
ニューカレドニア
オーストラリア
50°
40°
30°
20°
10°
0°
10°
20°
100°
110°
120°
130°
140°
150°
160°

ったといえるかもしれない。東京裁判では逆のように言われて〝侵略計画〟だときめつけられたが、実情はこうだったのである。

出師準備の概略は海軍の戦争準備ということで、商船を徴備して特設空母に改装したり、漁船や商船を特設掃海艇にしたりして、平時にない特設海軍力をつくり出したり、しまっておいた大砲弾薬を部隊に配付したり、前線に運んだり、あらゆる戦争準備をすることであるが、これを開戦一年前の十五年十一月から、なしくずしにはじめたわけである。日米戦争のおそれは確かに出てきたとしても、戦争について何も決まってはいなかった。つまり平時体制で、金や物のかかる出師準備なぞはできるはずがないのだが、そこを臨軍費のやり繰りなど苦心惨憺《さんたん》して、じりじりやって、やっと十六年十二月の真珠湾を含めた電撃作戦ができるまでの準備がととのったわけである。

陸海軍統帥部の関係

陸海両軍統帥部はどのような連絡方法をとっていたのか、世間ではホシとイカリは犬猿《けんえん》の仲のように言っているが、連絡はちゃんととれていたのである。

明治四十二年に陸軍参謀総長と海軍軍令部長とが協議、作成し、上奏裁可をあおいで、その後内閣総理大臣に開示されたのが「帝国国防方針」で、これは大正七年、同十三年、昭和十一年の三回にわたり改定されたが、大正十三年の改定時に陸海軍の大局的な用兵に関する「用兵綱領」が決定された。これは作戦の仕方を決めたもので「陸海軍協同して先制の利を占め、攻勢をとり、速戦即決を図るをもって本領とす」と書いてある。

以上の国防方針、用兵綱領を計画のうえで具体化したものに「年度作戦計画」があり、毎年改定される。毎年三月末までに来年度（四月以降翌年三月まで）の作戦計画を陸海軍統帥部が策定し、陸海軍がお互いに見せ合って協議、同意のうえ、天皇に上奏、允裁《いんさい》を得るという念の入ったものである。

私が帝国国防方針を見たのは、作戦課長になってからで、それまでは中身も知らなかったくらいだから、よほど大事にしていたものである。

いまでもつくづく考えているのだが、陸軍と海軍とでは育ちと教育が違うものだから、自然とそれが用兵思想に反映して〝同床異夢〟のことが多く、結局は文字の上で妥協してしまうことになる。漢字はそういう点では実に便利なものだ。曖昧模糊《あいまいもこ》としておって、しかも含蓄が多すぎるから私は作戦計画には漢字は適さないという持論である。その点フランス語、ドイツ語、英語は明確でいいと思っている。

大海令（大本営海軍命令）をみてもわかるが、よくあんな不得要領な文章で戦争ができたと思うくらいだ。今の官僚の文章と同じで、どこに力点があるのか、さっぱりわからない。それでいてなんとなくみんな合点するんだから、これこそ摩訶《まか》不思議というものかもしれない。〝いくさ〟をするのに、作文がうまくても、なんにもならないと私は考えている。

「帝国は自存自衛を全うするため対米（英蘭）戦争を辞せざる決意の下に、概《おおむ》ね十月下旬を目途とし戦争準備を完整す」などという文章もその一例で、実は「戦争を辞せざる決意の下」というのは、陸軍が海軍に対して「戦争を決意し」とあるのを「戦争の決意の下」にしろと修整を申込んだのに答えて、海軍の岡軍務局長が「戦争を辞せざる決意の下」ならよいということでケリがついたいわくつきの文章なのである。これで十六年八月末の海軍は、戦争決意にはまだ賛成していなかったことがよくわかると思う。

岡軍務局長は、十六年の十月か十一月だったか、一人で私の部屋（軍令部作戦課長室）に来られて「おい、どうだ。開戦期日を十七年の三月まで延ばせんか」と言われたことがある。そこで私はキッパリと「戦争をするかしないかは政府の決めることですが、作戦課としては絶対に来年三月では〝いくさ〟ができません」と率直に言い切った。

第一、海軍の手持ちの油は十七年春には底をつく状態である。半年か一年で石油が切れるというのに、三月まで引延ばされて「交渉は決裂した。さあ作戦課、お前戦争やれっ」と言われたって、できるわけがないから戦争をやる当事者として「絶対延引できません」と断わったのである。

こういういきさつから、私は主戦論者と言われているのかもしれないが、真相はこうだったのである。

こうした日本の情勢に対してアメリカはどうであったかというと、一九四一年一月十六日、ルーズベルト大統領は長時間にわたって国務、陸軍、海軍各長官ならびに参謀総長、作戦部長と首脳会議を開いた。

その内容をみると次のようなことが論議されている。

一、日本とドイツが同時に起《た》つような危急に直面した場合、陸海軍はどのような行動をとるべきか＝ルーズベルト大統領は〈レインボー作戦〉をとり上げ、「われわれは事を処するのに現実的でなければならない。数ヵ月でなければ実行できないような計画にばかり心を奪われていてはならない」と批判したのち、「われわれは今すぐ役に立つような行動の心構えが必要だ」と付け加えた。

一、日本に対してとるべき態度と、英国に対する戦略物資の補給問題＝ルーズベルト大統領が最も関心を示した問題で、もしドイツと日本が米国に敵対行動を起こすようなことがあったとしても、英国は後六ヵ月は持ちこたえ得るであろうし、ドイツがやってくるには後二ヵ月を要するであろうから、米国は戦力を整えるのに八ヵ月の期間があると言渡し、また英国への補給を削減しないように命じた。

【ルーズベルト大統領の指示】

①われわれはハワイを基地とする艦隊をもって太平洋は守勢の方針でゆく。

②アジア艦隊司令長官はフィリピンをいつまで基地として使用するか、その時期に関し、

また艦隊の後退命令に関し自由裁量の権限を与えられるべきこと。

③フィリピンに対し海軍による増援は行なわれないであろう。

④海軍は日本の都市に対し、爆撃実施の可能性があることを考慮すること。

⑤海軍は英本土にいたるまでの大西洋上の船舶護送、ならびにメーンからバーニジア岬にいたる間の沿岸哨戒を続行する用意あるべきこと。

⑥陸軍は充分に準備が出来るまでは攻勢はとらせないこと。

⑦われわれは英国に対する物資補給を続行する基本精神を維持するため、あらゆる努力を払うこと（コーデル・ハル回想録＝『太平洋戦争秘史——米戦時指導者の回想』毎日新聞社訳編から転載）。

十一月二十七日にスターク海軍作戦部長とマーシャル陸軍参謀総長とは、ルーズベルト大統領に対して共同上申書を提出した。ハーバート・ファイスはその内容を次のように書いている。

「この上申書の中の一節は、従来しばしば作成された文書からの繰返しであった。それは〈今日米国の立場からみて最も重要なことは時をかせぐということである。したがってわが方の軍事行動は、国策の許すかぎり回避すべきものと思惟する〉という文句であった。スティムソンは二人から、この上申書が何ら日米会談の再開を促すことを意味するものでないという確認を得た。この上申書に述べられた対案は明確なもので、この年の春、シンガポールで開かれた会議で作成された計画と重要な点で合致するものであった。

【共同上申書】

①フィリピンにおける増援部隊の強化完了までは、日本が——本上申書に詳述したような形で——米、英、オランダの領有地域を攻撃し、ないしはこれに脅威を与える際に限り、軍事的対抗策を考慮する。

②日本がタイ国に侵攻した場合には、もし日本が本上申書に明示された線（東経一〇〇度以西または北緯一〇度以南）を越えて進出することは、戦争の勃発《ぼっぱつ》を意味するものであることを米、英、オランダ政府から日本に警告する。

③右のような警告を発するまでは、何らの軍事的対抗行動をとらないと同時に、この警告の発出について、米国は即時英国およびオランダ政府と協定を結ぶ措置をとる。

右謹んで大統領に勧告申上げる。」

ハート提督は、十月二十七日にスターク作戦部長に対し、米アジア艦隊はフィリピン地域に存置させておくように勧告している。しかしスタークは同地域の海軍が、根拠地としては空軍力や対空防御施設が不足しており、また優勢な日本海軍が米海軍部隊と南方地域の英国、オランダ海軍部隊との連絡を断ち切るおそれがあるので、ハートの勧告を賢明な策でないと考えていた。

日本軍は陸軍と海軍の仲がイヌとサルのようにいわれていたが、これはなにも日本に限ったことではなく、アメリカでもご多分にもれなかったのである。

『マッカーサー戦史』によれば、マッカーサーとニミッツとの間の、陸海軍第一線最高指揮官の間の反目なぞというものは、相当なものがあったことがうかがえる。ただ日本と違う点は、米国では中央における陸海軍抗争がほとんど、表面に出ていないが、日本では中央、殊に軍政方面に陸海軍の抗争が目立ち、前線に行くにしたがって、一体化している点が、米国と逆なような気がする。また米国海軍は天下一頑固《がんこ》者で通っているが、日本海軍は比較的わかりがよいということになっているのも奇妙なことである。

C・ウィロビー少将の書いた『マッカーサー戦記』は「マッカーサー一辺倒の戦史」としてあまり評判がよくないが、その中にはいたるところに陸、海相克の事情が書かれているのである。

マッカーサーがコレヒドールを魚雷艇で脱出し、ミンダナオから〝空の要塞〟B17でオーストラリアに向かうとき、手持ちのB17が老朽化したので、海軍にかけ合ったら拒《こと》わられたといういきさつである。まったくアメリカの海軍は頑固で日本海軍どころの比ではない。

在オーストラリア航空指揮官ジョージ・H・ブレット将軍は当時の悶着《もんちゃく》についてつぎのような記録を残している。

私は陸軍参謀総長マーシャル大将から一通の電報をうけとった。それはマッカーサー将軍が、三月十五日前にミンダナオに一組の長距離爆撃機を送るように要求してくるだろうということを通知してきたものだった。……ジャバ作戦の残存機のうちから私は、第十九航空群所属Ｂ17の十二機をオーストラリアに持ってきてあった。これらはかなりひどい状態になっていた。完全に充実されている航空部隊でなら、そんなものは全部廃機になっているようなものであった。……しかしこれがわれわれの所有している全機であったので、たとえチューインガムや荷造用針金で結びつけてであろうと、なんとかして飛ばせ続けなくてはならなかった。

……私はこれらのＢ17機を点検した。……フィリピンまで飛ばせるに適するような爆撃機はなかった。解決策として、ただ一つの方法があった。……海軍に割りあてられたものではあったが、「空飛ぶ要塞」（Ｂ17の別名）の新しいのが十二機オーストラリアにちょうど到着したところであった。……私はハーバート・フェアファックス・リアリー提督のところに行って、マッカーサーをフィリピンから連れ出さねばならないことを話した。……オーストラリアにマッカーサーを連れてくるため、私に三機だけ貸してもらえまいか。ところがリアリーという人は、海軍の利益になると思われる場合のほかは、どんな要求に対しても「ノー」と答えるという評判をとっていた。リアリーは言った。「ブレットさん。本当にお手伝い致したいんだけれども、ちょっとできないんです。これらの飛行機はここで必要なんです。どんなに重要なものだろうと、これらの飛行機を輸送の仕事に割くわけにはゆきません。」

ブレット将軍は海軍に対して何の権限ももたなかったから、自分のもっている老朽のB17のうち一番よいものを送るよりほか致し方なかった。一機は海上で墜落した。二機はエンジンの故障で引返した。そこでブレット将軍は再びリアリー提督のところに行った。今度は海軍機をせしめた。ブレットのいうところによると、「リアリーのところにワシントンから多分何かいってきたのだろう。……提督は四機の見事な新爆撃機を貸してくれた」のである。

デルモンテで、もし三日遅れていたら、マッカーサー一行は破滅的災難にあっていただろう。というのは、彼らがミンダナオに到着したということが、デルモンテ飛行場のあるパイナップル畑の領分の遥か外方まで知れているということが、間もなくハッキリしてきたからである（C・ウィロビー少将『マッカーサー戦記(1)――決死のコレヒドール脱出』大井篤訳）。

ハル・ノート

対日宣戦布告と受取る

〝うらみは深し、ハル・ノート〟と言って、陸軍はこれを事実上の〝対日宣戦布告〟だと受取っていたが、海軍もハル・ノートに対しては陸軍と究極的には同じだった。①シナおよび仏印から日本の陸海空軍兵力、警察力の全面撤収②日支近接特殊緊密関係の放棄③日独伊三国同盟の死文化④シナにおける重慶政権以外の一切の政権の否認——これがいわゆるハル・ノートの骨子で、仏印はともかく、シナ大陸から満州を含めて全面的に撤収しろというのでは話にならず、わけても陸軍は日ごろから〝生命線〟と言い、日清、日露の両戦役では尊い血潮を流しているのだからハル・ノートを見ただけで、私たちも「こりゃー最後通牒《つうちょう》だわい。ルーズベルトも決心したもんだなあ。陸さんも絶対おさまらんぞ」と部内で言い合わせたものであった。

日本側が〝最後通牒〟と受取った〝ハル・ノート〟をアメリカ側ではいったいどのよう

に考えていたのか――私はそれが知りたくて、戦後いろいろの文献を漁《あさ》ってみたのであるが、その中で『真珠湾への道』の著者ハーバート・ファイスが次のようにハル・ノートについて語っているのが印象に残ったので引用してみる。

この日（昭和十六年＝一九四一年十一月二十六日午後五時）ハル長官は日本の両大使（野村、来栖）に〈総括的基礎提案〉を手交した。この文書の中で米国政府はその立場を全面的に表明した。〈極秘、何らの公約を伴わぬ試案〉と題されていたこの提案には極東の現状および将来に関する米国の構想が描かれていた。この提案の全文を今日読みかえすだけの興味を持つのは無味乾燥な些事をほじくる、どちらかといえば皮肉気のある研究家ぐらいのものであろう。著者としては、今日過去をふりかえり、そのあとづけをするためにはこの提案の三つの主要点の概要をあげれば充分であると考える。①日米両国は、米国がかねてから主張してきた原則を相互に遵守することを公約する。②両国は極東に関係するすべての国の間の不可侵条約締結を提唱する。このことは九ヵ国条約の再確認を意味するものであった。さらに、③日本は中国および仏印から一切の陸、海、空軍および警察部隊を撤収する。以上が三つの主要点であった。

米国のこの提案に述べられている極東の政治的、社会的秩序は、日本がこれまで夢みてきたものと真っ向から衝突するものであった。米国の構想は、相互の独立と安全を尊重し、相互に平等の立場で相接し通商を行なう秩序ある平等の諸国家間の国際的社会であった。ところが日本の構想は、日本が極東の安定的中心力となるというのである。この地域のすべての国は日本の周辺に集まる。日本は屋根であり、ほかのすべてのアジアの国は支柱である。日本が組織者で、ほかの国々は追従者《ついしょうしゃ》であり、日本が立法者であり、ほかの国々は受法者であるというのであった。米国の提案は、日本が戦略や武力で実施しようとした右のような一切のことを拒否しようとするものであった。

しかしそれにしても、この米国の提案を最後通牒とみなすのは、政治的な意味でも軍事的な意味でも至当ではないように著者には考えられる。日本には四つの選択が許されていた。即ち、①米国の提案に同意してその政策を転換する。②南北のいずれにも、これ以上武力進出は行なわないが、中国における戦争は極力これを続ける。③軍隊の撤収を開始して、これに対し中国、米国、英国からいかなる反応があるかを待ってみる。④あくまでも勝利をうるための政策を強行する。というのが日本に許された四つの手段であった。日本はこの最後の方法を選んだ。

この対日回答を承知していた米国の当局者たちは、恐らく日本は第四の道を選ぶであろうと考えていた。これらの人々の頭は、交渉の策略から戦争の策略の方にますます転換していった。この翌日（十一月二十七日）ハルはスティムソンに対して「僕はもう問題から手を引いたよ。これからは君とノックス君、いってみれば陸、海軍の出る幕だ」と語った。

十一月二十六日、ハル国務長官は野村、来栖両大使に対し、我方の十一月二十日提案については、慎重研究を加え関係国とも協議したが、遺憾ながら同意し難いと述べ、米側六月二十一日案と我方九月二十五日案との調節案なりと称して、次の如き新提案を提示した。これがいわゆるハル・ノートである。

ハル・ノート「極秘」「試案であり決定案ではない」

合衆国及日本国間協定の基礎概略

【第一項　政策に関する相互宣言案】

合衆国政府及日本国政府は共に太平洋の平和を欲し其《そ》の国策は太平洋地域全般に亘る永続的且広汎なる平和を目的とし、両国は右地域に於《お》いて何等領土的企図を有せず、他国を脅威し又は隣接国に対し侵略的に武力を行使するの意図なく又其の国策に於ては相互間及一切の他国政府との間の関係の基礎たる左記根本諸原則を積極的に支持し且之を実際的に適用すべき旨闡明《せんめい》す

㈠　一切の国家の領土保全及主権の不可侵原則

㈡　他の諸国の国内問題に対する不干与の原則

㈢　通商上の機会及待遇の平等を含む平等原則

(四)　紛争の防止及平和的解決並に平和的方法及手続に依る国際情勢改善の為国際協力及国際調停遵拠《じゅんきょ》の原則

日本国政府及合衆国政府は慢性的政治不安定の根絶、頻繁なる経済的崩壊の防止及平和の基礎設定の為相互間並に他国家及他国民との間の経済関係に於て左記諸原則を積極的に支持し且実際的に適用すべきことに合意せり

(一)　国際通商関係に於ける無差別待遇の原則

(二)　国際的経済協力及過度の通商制限に現われたる極端なる国家主義撤廃の原則

(三)　一切の国家に依る無差別的なる原料物資獲得の原則

(四)　国際的商品協定の運用に関し消費国家及民衆の利益の充分なる保護の原則

(五)　一切の国家の主要企業及連続的発展に資し且一切の国家の福祉に合致する貿易手続に依る支払を許容せしむるが如き国際金融機構及取極《とりきめ》樹立の原則

【第二項　合衆国政府及日本国政府の採るべき措置】

合衆国政府及日本国政府は左の如き措置を採ることを提案す

一、合衆国政府及日本国政府は英帝国支那日本国和蘭蘇連邦泰国及合衆国間多辺的不可侵条約の締結に努むべし

二、当国政府は米、英、支、日、蘭及泰政府間に各国政府が仏領印度支那の領土主権を尊重し且印度支那の領土保全に対する脅威発生するが如き場合斯《かか》る脅威に対処す

るに必要且適当なりと看做《みな》さるべき措置を講ずるの目的を以て即時協議する旨誓約すべき協定の締結に努むべし

斯る協定は又協定締約国たる各国政府が印度支那との貿易若《もしく》は経済関係に於て特恵的待遇を求め又は之を受けざるべく且各締約国の為仏領印度支那との貿易及通商に於ける平等待遇を確保するが為尽力すべき旨規定すべきものとす

三、日本国政府は支那及印度支那より一切の陸、海、空軍兵力及警察力を撤収すべし

四、合衆国政府及日本国政府は臨時に首都を重慶に置ける中華民国国民政府以外の支那に於ける如何なる政府若くは政権をも軍事的、政治的、経済的に支持せざるべし

五、両国政府は外国租界及居留地内及之に関連せる諸権益並に一九〇一年の団匪《だんぴ》事件議定書に依る諸権利をも含む支那に在る一切の治外法権を抛棄《ほうき》すべし両国政府は外国租界及居留地に於ける諸権利並に一九〇一年の団匪事件議定書による諸権利を含む支那に於ける治外法権抛棄方に付英国政府及其の他の諸政府の同意を取付くべく努力すべし

六、合衆国政府及日本国政府は互恵的最恵国待遇及通商障壁の低減並に生糸を自由品目として据置かんとする米側企図に基き合衆国及日本国間に通商協定締結の為協議を開始すべし

七、合衆国政府及日本国政府は夫々《それぞれ》合衆国に在る日本資金及日本国にある米国資金に

対する凍結措置を撤廃すべし

八、両国政府は円弗《ドル》為替の安定に関する案に付協定し右目的の為適当なる資金の割当は半額を日本国より半額を合衆国より供与せらるべきことに同意すべし

九、両国政府は其の何《いず》れかの一方が第三国と締結しおる如何なる協定も同国に依り本協定の根本目的即ち太平洋地域全般の平和確立及保持に矛盾するが如く解釈せられざるべきことを同意すべし

十、両国政府は他国政府をして本協定に規定せる基本的なる政治的経済的原則を遵守し且之を実際的に適用せしむる為其の勢力を行使すべし（『大東亜戦争全史』服部卓四郎著、『日本外交年表並重要文書』）（外務省刊から）

ハワイ奇襲作戦

真珠湾・その前夜

私が軍令部第一課長（作戦）に就任したのは日独伊三国同盟締結（昭和十五年九月二十七日ベルリンで調印成立）直後の十一月であった。

そのころ軍令部には対米戦争の決意がなかった。当時海軍は三国同盟に対して希望条項を政府に申述べていたが、そのなかで、たとえ三国同盟ができても日米開戦は回避するよう、また南方発展は極力平和裏に行ない、第三国との無用の摩擦を避け、有害な排英米的言動を厳に取締まるようにとも言っているのである。

私は作戦課長になるよう内命を受けたとき、再三、再四その任でないことを人事局に強調したのだが、どうしても「お前やれ」ということで、やむを得ずお引受けした次第である。三国同盟締結の時は海軍大学校の戦略教官だったので「戦争理念の確立」が大事だと考えていた。「八紘《はっこう》一宇」では世界に通用しないから、その理念付けとでも言うか、大学の先生方に考えていただこうと、まず東大の先生にお願いしたが、あっさり逃げられてしまい、そこで京都の西田哲学門下の先生にお願いしたわけである。確か高山岩男博士（現日大教授）だったと思うが、戦後京大の先生方の中でパージに会われた方があるとすれば、海軍の要請がたたったのではないかと思っている。

結局、世界に向かって豪語できるような理念といっても無理な話で、自存自衛、大東亜共栄圏による建設、解放戦争の三理念をつきまぜたものになったと思う。海軍はあくまで「自存自衛」を眼目にしていたわけで、とにかくこれを持って軍令部へ行ったのだが〝大佐風情が何を言うか〟ぐらいで軽くあしらわれてしまった。

軍令部時代は苦悶《くもん》の連続だった。日本の国防方針と用兵綱領には「米国」とか「露国」「支那」「英国」とか一応順序みたいなものは書いてあるが「……を敵とする場合は左の要領に従う」とだけあって「第一想定敵国は……」というふうにウエートについては何も書いてなかった。これが戦前・戦中を通じて陸海軍間に戦備・軍備資材の奪い合いの場合に、重点の順位をきめる根拠を欠いた原因となり、また陸海軍抗争の一因にもなったものである。

帝国国防方針

帝国国防方針は明治四十二年に決定した。その後情勢の変化にともない、大正七年、同十三年、昭和十一年の三回にわたり決定された。次の方針は、昭和十一年に改定されたものである。

一　帝国国防ノ本義ハ建国以来ノ皇謨《こうぼ》ニ基キ常ニ大義ヲ本トシ倍々《マスマス》国威ヲ顕彰シ国利民福ノ増進ヲ保障スルニ在リ

二　帝国国防ノ方針ハ帝国国防ノ本義ニ基キ名実共ニ東亜ノ安定勢力タルヘキ国力殊ニ武備ヲ整ヘ且外交之レニ適《カナ》ヒ以テ国家ノ発展ヲ確保シ一朝有事ニ際シテハ機先ヲ制シテ速ニ戦争ノ目的ヲ達成スルニ在リ

而シテ帝国ハ其ノ国情ニ鑑ミ勉メテ作戦初動ノ威力ヲ強大ナラシムルコト特ニ緊要ナリ尚将来ノ戦争ハ長期ニ亘ルル虞《オソレ》大ナルモノアルヲ以テ之ニ堪フルノ覚悟ト準備トヲ必要トス

三　帝国ノ国防ハ帝国国防ノ本義ニ鑑ミ我ト衝突ノ可能性大ニシテ且強大ナル国力殊ニ武備ヲ有スル米国、露国（「ソヴイエト」連邦ヲ示ス以下之ニ倣《ナラ》フ）ヲ目標トシ併セテ支那（中華民国ヲ示ス以下之ニ倣フ）、英国ニ備フ之カ為帝国ノ国防ニ要スル兵力ハ東亜大陸並西太平洋ヲ制シ帝国国防ノ方針ニ基ク要求ヲ充足シ得ルモノナルヲ要ス

四　帝国軍ノ戦時ニ於ケル国防所要兵力左ノ如シ

陸軍兵力

五十師団及航空百四十二中隊

海軍兵力
艦艇　主力艦十二隻　航空母艦十二隻　巡洋艦二十八隻
水雷戦隊六隊（駆逐艦九十六隻）
潜水戦隊若干（潜水艦七十隻）
航空兵力　六十五隊

「帝国軍」ノ用兵綱領

一　帝国軍ノ作戦ハ国防方針ニ基キ陸海軍協同シテ先制ノ利ヲ占メ攻勢ヲ取リ速戦即決ヲ図ルヲ以テ本領トス
之カ為陸海軍ハ速ニ敵野戦軍及敵主力艦隊ヲ破摧《はさい》シ併セテ所要ノ疆域《きょういき》ヲ占領ス尚作戦ノ進捗ニ伴ヒ若クハ外交上ノ関係ニ鑑ミ所要ノ兵力ヲ以テ政略上ノ要地ヲ占領スルコトアリ
陸海軍ハ協同シテ国内ノ防衛ニ任シ前記作戦ノ本領ニ背馳《はいち》セサル範囲内ニ於テ之ヲ実施ス
対馬海峡ノ海上交通線ハ陸海軍協同シテ常ニ確実ニ之ヲ防衛ス

二　米国ヲ敵トスル場合ニ於ケル作戦ハ左ノ要領ニ従フ
東洋ニ在ル敵ヲ撃滅シ其ノ活動ノ根拠ヲ覆シ且本国方面ヨリ来航スル敵艦隊ノ主力

ヲ撃滅スルヲ以テ初期ノ目的トス

之カ為海軍ハ作戦初頭速ニ東洋ニ在ル敵艦隊ヲ撃滅シテ東洋方面ヲ制圧スルト共ニ陸軍ト協力シテ呂宋《ルソン》島及其ノ附近ノ要地並瓦無《グアム》島ニ在ル敵ノ海軍根拠地ヲ攻略シ敵艦隊ノ主力東洋海面ニ来航スルニ及ヒ機ヲ見テ之ヲ撃滅ス

陸軍ハ海軍ト協力シテ速ニ呂宋島及其ノ附近ノ要地ヲ攻略シ又海軍ト協力シテ瓦無島ヲ占領ス敵艦隊ノ主力ヲ撃滅シタル以後ニ於ケル陸海軍ノ作戦ハ臨機之ヲ策定ス

三　露国ヲ敵トスル場合ニ於ケル作戦ハ左ノ要領ニ従フ

極東ニ在ル敵ヲ速ニ撃破シ併セテ所要ノ疆域ヲ占領スルヲ以テ目的トス

之カ為陸軍ハ先ツ烏蘇里《ウスリー》方面（概ネ興凱《ハンカ》湖及ウオロシロフ附近一帯ノ地域ヲ指ス以下之ニ倣フ）ノ敵就中《なかんずく》其ノ航空勢力ヲ迅速ニ撃破シ且海軍ト協同シテ所要ノ兵力ヲ以テ浦潮斯徳《ウラジオストック》等諸要地ノ攻略ニ任ス　次テ黒龍《アムール》方面（概ネ「ブレーヤ」河及「ゼーヤ」河各下流流域ヲ指ス）及大興安嶺方面ニ於ケル敵ヲ撃破ス　爾後作戦ノ推移ニ応シ来攻スル敵ヲ撃破ス

又状況ニ応シ海軍ト協力シテ必要ニ応シ北樺太《からふと》、樺太対岸及勘察加《カムチャッカ》方面ノ諸要地ヲ占領ス

海軍ハ作戦初頭速ニ極東ニ在ル敵艦隊ヲ撃滅シテ極東露領沿海ヲ制圧スルト共ニ陸軍ト協力シテ烏蘇里方面ニ於ケル敵航空勢力ヲ撃滅ス　又陸軍ト協力シテ浦潮斯徳其

ノ他ノ要地ヲ攻略シ且黒龍江水域ヲ制圧ス
欧州ニ在ル敵艦隊来航スル場合ニ於テハ邀《ムカ》ヘテ之ヲ撃滅ス

四　支那ヲ敵トスル場合ニ於ケル作戦ハ左ノ要領ニ従フ
北支那ノ要地及上海附近ヲ占領シテ帝国ノ権益及在留邦人ヲ保護スルヲ以テ初期ノ目的トス
之カ為陸軍ハ北支那方面ノ敵ヲ撃破シテ京津地区ヲ占領スルト共ニ海軍ト協力シテ青島《チンタオ》ヲ攻略シ又海軍ト協力シテ上海附近ヲ占領ス
海軍ハ陸軍ト協力シテ青島ヲ攻略スルト共ニ陸軍ト協力シテ上海附近ヲ占領シ又揚子江水域ヲ制圧ス

五　英国ヲ敵トスル場合ニ於ケル作戦ハ左ノ要領ニ従フ
東亜ニ在ル敵ヲ撃破シ其ノ根拠ヲ覆滅シ且本国方面ヨリ来航スル敵艦隊ノ主力ヲ撃滅スルヲ以テ初期ノ目的トス

六　露国、米国、支那及英国ノ内二国以上ヲ敵トスル場合ニ於テハ概ネ二乃至《ないし》五ヲ準用シ情勢ニ応シ比等数国ニ対シ為シ得ル限リ逐次ニ作戦ヲ行フ

七　参謀総長、軍令部総長ハ本綱領ニ基キ各作戦計画ヲ立案シ相互ニ商量協議ヲ重ネタル後裁可ヲ奏請スルモノトス（昭和十一年六月三日改定・参謀本部作戦課部員のノートから転写・原文のまま）

軍令部年度作戦計画とハワイ奇襲作戦

昭和十五年夏以来時局の緊迫にともない、軍令部は年度作戦計画のほかに南方要域攻略を含む対米英蘭同時作戦生起の場合を考慮した作戦計画の基礎研究に着手していた。当時はドイツ軍の侵攻により英本国が崩壊する場合、これにともなってわが国が南方に進攻するのに備えた研究であった。

昭和十六年度作戦計画では、対米、英、各一国を相手とする作戦のものを昭和十六年三月までに概成し、允裁《いんさい》を経て六月ごろ策定されたがまだ数ヵ国に対する同時作戦のものは立案に着手していなかった。しかしながら日独伊三国条約が締結され、更に欧州の戦局や米国の動向からみて本格的な対数ヵ国戦争に備える作戦計画を立案する必要に迫られ、しかもこれは今後の情勢によってはそのまま実行計画となると予想されるので、いっそう真剣な検討を加えなければならなかった。

当時の軍令部における作戦計画担当者とその担任区分は、次のとおりである。

総長　大将　永野修身《おさみ》（兵28期）

（昭和十六年四月十日付就任）

次長　中将　近藤信竹（兵35期）

（昭和十六年九月一日以降　少将　伊藤整一／兵39期）

第一部長　少将　福留　繁（兵40期）
（昭和十六年四月十日付就任）
第一課長　大佐　富岡定俊（兵45期）
部　員　中佐　神《かみ》　重徳《しげのり》（兵48期）作戦、軍備一般
同　同　佐薙《さなぎ》　毅《さだむ》（兵50期）編制
同　同　山本祐二（兵51期）対数ヵ国作戦、対支作戦、海上作戦
同　同　三代辰吉（兵51期）航空作戦、航空軍備
同　同　内田成志（兵52期）対米、対蘭、対ソ作戦の一部
同　少佐　華頂博信（兵53期）対英作戦
（防衛庁戦史室、防衛研修所編『ハワイ作戦』・朝雲新聞社刊から転載）

このように、戦局は拡大の方向にその足先を向けていた。

ドロナワといえば〝四ヵ国同時作戦〟（ＡＢＣＤ・米英支蘭）なんて夢にも考えていなかったから、昭和十六年九月二日、大本営陸海軍部の間の意見が完全に一致し「帝国国策遂行要領」のなかで、初めて四ヵ国作戦（このうち中国とは交戦中）が決まったくらいで、これをみても察しがつくと思う。海軍部内では十六年三月に、勝つか負けるかでなく、対米戦争ができるか、できないかの文書を作成して海軍大臣に提出したが、それは焼いてしまって、いまはない。

一部の書では、私が強硬な主戦論者のように書いてあるが、そんな馬鹿々々しいことはないのであって、開戦の昭和十六年前期においては、戦争研究、作戦案画時代であって、戦争になる公算と、戦争にならない公算が五分々々ぐらいと思っていたものである。またその後も、軍令部作戦課というような一部局の長が、主戦論とか否戦論とか、国家最高機関において論じらるべき問題に、口を出すべき限りでないという態度を堅持してきたつもりである。

太平洋戦争のハイライトは何といっても真珠湾攻撃であった。これは十六年一月ごろ山本五十六連合艦隊司令長官が決断を下したもので、そのころ軍令部では特に真珠湾攻撃については考えていなかったし、知らされもしなかった。というのはなにしろ南方作戦で手いっぱいの形だったからである。

米海軍は十六年の二月ごろからカタリーナ飛行艇を使って、ハワイ周辺の全周（三六〇度）警戒をやっていることがわかり、米国の戦争準備のなみなみならぬことを知ったが、そのうちに、また情報がはいって北部の哨戒をやめたというので、軍令部もハワイ作戦にOKを出したのである。私は真珠湾作戦に不同意ではなかったが、大バクチだとは考えていた。ただ軍令部は机の上だけで、連合艦隊の作戦になるべく干渉するなという伝統があり、それを私たちは守っていたのである。軍令部は艦隊、航空機の燃料取得が先決だと考えていたから、山本五十六連合艦隊司令長官の「ハワイをたたけば、南方が安心してやりやすくなる」という案には必ずしも賛成ではなかったのである。

母艦航空機をみんなハワイへ持って行かれたのでは、南方作戦はお手上げになってしまうからである。ところがありがたいことに、当時の陸軍参謀本部の作戦課長が、なくなった服部卓四郎氏（元陸軍大佐）で、陸軍の航空兵力を満州から南方作戦に快く転用してくれたおかげで、ハワイ作戦も南方作戦も後顧の憂いなく遂行できた次第である。服部さんは実に卓抜な頭脳の持主であるとともに、海軍作戦を常によく理解してくれた人で、私はいまでも服部さんを尊敬している。それは服部さんと私の性格とが似ているせいかもしれない。とにかく公平な考えを持っている人だった。

私が、連合艦隊の先任参謀だった黒島参謀とハワイ攻撃のことで大激論をかわしたと一般に伝えられ、これがまた軍令部がハワイ作戦に最後まで反対し、連合艦隊側と激突したようにも書かれているが、それは真相ではない。

軍令部はハワイ作戦そのもののプリンシプルに反対したのではなく、ハワイ作戦に投入する兵力量の問題で意見を異にしたのである。

軍令部は全海軍作戦を大局的にみて、まず南方要域の確保に重点を置いていたから、いきおい投機的なハワイ作戦に、トラの子の空母六隻を全力投入することには反対していたので、空母三隻ぐらいならすぐＯＫを出したのである。黒島参謀は、私との折衝のテクニックのためか、「連合艦隊案が通らなければ山本司令長官は辞職される」とまで言っていたが、私は山本司令長官の進退と、戦略、戦術とは別事であると思っていたし、また山本さんが辞職されるなどということも考えてはいなかった。

こういうことがあってから、陸軍参謀本部の服部作戦課長が、快く満州から陸軍航空兵力を南部仏印に回してくれたので、これで後顧の憂いを断ち、ハワイへ空母を〝全力投入〟することに決まったのであって、問題はあくまで兵力量であり、それも乏しい中でのヤリクリの結果であった。

連合艦隊の強硬な申入れ

その間の経緯《いきさつ》については防衛庁戦史室で出している『ハワイ作戦』に次のように出ているので参照されたい。

「軍令部第一部は十六年六月、米英蘭に対する同時作戦計画の立案を開始したが、その作戦構想の基調は従来の対米一国作戦の年度計画に南方資源要域の攻略作戦を加えたものであった。

連合艦隊司令部は、ハワイ奇襲作戦の採用を軍令部第一部に要求していた。そして独ソ開戦の直前、連合艦隊から佐々木参謀、第一航空艦隊から大石(保)首席参謀、源田実航空参謀が軍令部に出頭し、神、佐薙、三代部員などと会談しハワイ奇襲作戦の採用を強く要望した。その席上、神部員は軍令部第一部として同作戦について検討する旨言明した。

その後、軍令部第一部は数ヵ国に対する同時作戦計画の検討を進め、八月下旬にはその案を概成した。しかしこの計画案には後述のとおり八月上旬、連合艦隊司令部からハワイ奇襲作戦について強い要望が出されていたにもかかわらず、あまりにも冒険に過ぎるとしてこの作戦は軍令部の作戦計画案には盛られていなかった。

一方連合艦隊司令部では六月下旬ごろ黒島参謀が軍令部に出頭し、その年度作戦計画と同細綱について目を通すことを許されたが、それは従来の邀撃《ようげき》作戦構想そのままであり開戦劈頭《へきとう》のハワイ奇襲作戦が加味されていないのを知った。そこで連合艦隊司令部としては、そのままでは、とうていこれを準拠として作戦を実施するわけにはいかぬとして司令部に帰った後、山本長官の承認を受けて連合艦隊としても作戦計画の研究に着手した。もちろん連合艦隊司令部の作戦計画研究は、ハワイ奇襲作戦を織込んだものについてであった。

在外資産凍結に加えて石油の全面禁輸と、情勢はわが国にとってもはや開戦のほかなしと思わせ始めた八月七日、黒島連合艦隊参謀は有馬参謀を伴い軍令部に出頭し作戦計画について連絡を行なった。

その際軍令部の対米英蘭作戦計画案の内示を求めたところ、同案には予期に反し、依然ハワイ奇襲作戦が織込まれていなかったので黒島参謀はその採用を強硬に申入れた。そして軍令部作戦室において富岡課長以下と真剣な討議を行ない遂に富岡課長と黒島参謀の間で大激論となった。」

私は最近、一本にまとめられた故宇垣纏中将の戦陣日誌『戦藻録』を読んで次の文中から、連合艦隊参謀長としての宇垣さんの心の中がよくうかがえたのである（原文のまま、日誌は開戦の直前の項から抜粋）。

十一月廿四日　月曜日　曇

作戦図に色附けして、壁に貼ってにらめっこする事にした。何れを見ても赤色の敵計《ばか》り、太平洋は広い、はて何れから手をつける。手をつける方法は定まって居り、既に開戦配備に展開中であるが、各種の場合を想到すると、容易ではない。此の通り行けば満点だが、変に応じ、機に処するの道が大切だ。此の点少し独り角力《ずもう》に過ぎる虞が始終ある。計画は計画、実行に於て我の責務最も重大なるを思うのである。

兵力丈《だ》け並べて、何でもそう行くなら戦と云《い》うものは苦労はない。丁度将棋の駒が、我一つ、敵一つ、動く処に、千種万態の様相を呈して行く様に、色々の事が起きよう。飛行機をいくら集中しても、天候が悪ければ使えぬのだ、海は広い、若干の機雷を敷設し、潜水艦を配備しても、知らぬが仏でドンドン行動して被害を受けぬ事もあろう。数計りに捕われてはならぬ、「数の上の数」と云うものがある、――実力を別にしても――だから、此の海面には之丈けのものを置いてあるからと云うて、安心はならぬのだ。自らの計画に対しては痛い処は多いものだ。如何せん無理な戦争なのだから、之を一々気にしていては、今度の戦はなり立つまい。押し切りの手と、応変の腕だ、そして、死力を尽すのだ。

そのころ、アメリカの海軍はどのような行動をとっていたのであろうか。これについては元連合国南太平洋艦隊司令長官、米第三艦隊司令長官ハルゼー元帥が、日本海軍を真珠湾攻撃に誘いこんだのはルーズベルトの仕かけたワナだったという趣旨の著書『The Final Secret of Pearl Harbor』（邦訳「真珠湾の審判」――真珠湾奇襲はアメリカの書いた筋書だった――ロバート・A・シオボールド米海軍退役少将著、中野五郎訳、講談社刊）の序文で、次のように述べている。

当時、私の艦隊は空母エンタープライズを旗艦としていた。これはそのころ、太平洋方面に就役中のアメリカ航空母艦二隻中の一隻であった。他の一隻はレキシントンで、ニュートン海軍少将指揮下の別の機動部隊に属していた。このほかにもう一隻だけ航空母艦サラトガが太平洋艦隊に付属してはいたが、あいにく、この当時には米本国西海岸のドックにはいって、定期の点検修理をすませているところであった（ハルゼー指揮下の機動部隊は開戦直前の十一月下旬から十二月初旬にかけて、ウェーキ島へ飛行機輸送をしていた）。

われわれは長距離偵察機には、みじめなほど不足していた。当時ハワイに配置された米陸軍機で利用できるものは、ただB18双発中型爆撃機だけであった。しかしこの機種は速力がのろくて、航続距離が短く、とても洋上偵察飛行には適しなかった。また海軍のＰＢＹ飛行艇（通称カタリーナ）も数が不足していた。この図体の大きな偵察機は、いわば海の駄馬《だば》で、がっしりしているが、旧式で速力ものろく、もし広い洋上を三六〇度の全方向にわたり連続的に索敵飛行を実施させるならば、ただでさえ足りない機材と乗員をクタクタに疲れ切らせる他はなかったのである。そのうえ、われわれをさらに苦しめた困難は、このＰＢＹ飛行艇の搭乗員《とうじょういん》の大多数を大西洋方面の戦線に出動させるために、訓練せよという本省からの命令であった。このような事情と、航空母艦ヨークタウンが米本国東海岸へ移動配置についたのが相まって、われわれのすでに手薄な人的、物的戦力は、はなはだしく弱体化していたのだ。

しかしながら、もしもわれわれがマジック（魔法暗号、日本の外交暗号電報を解読したもの）を以前から知らされていたなら、当然三六〇度の全周洋上索敵飛行の実施を命令していたことであろうし、またそのためにはどんな無理をしても、機材と乗員が損耗と疲労の極点に達するまで、この索敵飛行を強行していたであろう。

真珠湾に至るまで

十六年九月の御前会議の結果、「重大な決意」を固めなければならなくなって、私たちは、あらためて新しい問題にぶつかった。開戦の場合、真珠湾に行くべきか、南方にすべきか、ということである。

もともと、伝統的な海軍の戦略思想は、内南洋を固めることにあって、それから南の方は、どうするか、はっきり決まっていなかった。日本は、戦略上、油に困るので、その地点を押えなければ戦争はできない。それで、フィリピン、ボルネオ、ジャワまで食込もうとは考えられたが、ジャワまで行けば片付くものとされていた。そして、あとは開発と輸送が続けられるのであって、マレーについては、とくに決まっていなかった。いわんや、ハワイ、米本土までも行こうなどということは、全く、問題にもされていない。ともかく、力を結集し敵海上力を潰《つぶ》してしまえば、敵も二ノ矢はなかなかつげないだろう、というのだった。それというのも、内南洋を固めて、そこで米艦隊を邀《むか》え撃つのが、根本思想だったからである。

最悪の場合、マーシャル群島あたりまでくいこまれても南方作戦（油田、鉄鉱地域）がうまくいけばいいじゃないかという考えも持っていた。

真珠湾攻撃が、はっきりした形をとり、開戦しなければならなくなったら真珠湾を攻撃しようと決心したのは、九月である。もっとも、構想としては、昭和十六年のはじめからあった。だが、私は、当事者（注、軍令部第一部第一課長、すなわち作戦部作戦課長）としては、当初は少しもそれに与《あずか》っていない。山本連合艦隊長官の私案としては、計算してあったかと思うが、昭和十六年の年度作戦計画（四月制定）には真珠湾計画ははいっていなかった。その後四ヵ国作戦計画にも出ないで、実行作戦計画になって、上述の経過によってはじめて真珠湾計画が出てきたのである。

九月末から、大急ぎで、真珠湾攻撃用の特殊魚雷を作ったり、練習したりした。こういう間に合わせの準備を、押しつまってからやったということは、いかにも無準備を露呈して、相済まなかったと思うが、そのくらい真珠湾攻撃は唐突に決まったものであり、一説に、日本軍は虎視眈々《こしたんたん》として、何年も前からこれを計算していたというのは、間違っていることの裏付けにもなろう。南東作戦、ビルマ作戦、マレー作戦についても、同様である。

戦後、あるアメリカの海軍士官が、「そんな重大な決心で真珠湾をやったのなら、なぜそのとき、これを占領しようとしなかったのか」と私に訊《たず》ねたことがある。

山本長官の方でも、おそらくこれは考えられたのであろう。しかし、そんなことをしたら、仮にもそれは戦略とはいえない。奇襲が第一要件だというのに多数の輸送船を、どうして真珠湾まで、だれにも気付かれないようにもっていけよう。高速の機動部隊でさえ、機密保持には、非常な苦労をした。八ノットしか出ない大船団を、極秘裏に出港させ、一ヵ月に近い期間、航行させることなど、とてもできるものではない。

戦艦ばかり狙《ねら》って、航空母艦を一隻も沈めなかったのは片手落だともいわれるが、真珠湾には、航空母艦はいなかった。投機作戦であるかぎり、狙いたくても、たまたまそれがいなかったなら、どうしようもないのである。また、工廠や油タンクをなぜ攻撃しなかったかと、アメリカの専門家は言う。私たちに言わせると妙な話だが、タンクに油がはいっているとは思っていなかったのだ。日本の油タンクでさえ、地下に埋めてある。アメリカは、もっと進んでいるだろうから、地上に露出したタンクに油がはいっているわけはないと考えたところが、実は、買いかぶっていたのである。工廠なども、当然、やらなければならないのに、無傷で残してしまった。そういうミステイクが、大ぜいの人々が集まって研究した作戦計画でも抜けたところがあったのである。

日曜日を狙ったのは、とくに安息日だからというのではない。米艦隊の行動を統計すると、日曜日は港にいて、月曜日に出ていく。出たら一週間くらいは帰ってこないので、なかなかつかまらない。一番心配したのが、港内に敵がいなければ無意味だということだったので、日曜日の方が公算が大きいと考えたのである。それと、もう一つは、月である。真珠湾攻撃は、北方から突込んで、未明にやらなければならない。未明が、まっ暗だと困るから、月が残っている必要があるが、それだからといって、満月で、あまりあかあかとしていると、攻撃点に達する前に発見されてしまう。この兼合いが、日本時間の十二月八日になったわけだ。

こんなふうで、なかなか準備が間に合いそうにないので、私たちとしてはできるだけ時間が欲しかった。が、しかし、他方これより延ばすと、次のチャンスは十七年三月になる。その間、四ヵ月は、油の補充がない。海軍は、毎日訓練しているし、国内の工業部門でも使っていて、手持ちの油は、それだけなくなる。こういう緊急状態が続くうちに、もし戦争がはじまったとする。そこで、南方の油田を押えても、どうせ破壊されているだろうから、すぐには油は出ない。その間は、手持ちは減る一方である。

だから、軍令部で強かったのは、開戦するのかしないのか、政府で決めてくれ、という声だった。先に延ばし、延ばしして、結局は開戦するつもりなのか。それとも、開戦しないのか。しないならば、それでいい。それは作戦担当者が決めることではなく、国家が決めることだ。だが、事情はこのとおりで、あまり延ばしていると、油は切れてしまう。そのころになって、さア戦争するから、やれといわれても、もうどうしようもない。そんな戦争ならば、はじめから、やめてくれと言った。

ハワイ作戦の第二次攻撃問題で、南雲司令長官の決心について、いろいろと後世批判が出たが、ハワイ作戦の後で、当時軍令部参謀であられた高松宮殿下がズバリ「ハワイ奇襲には〝残心〟がなかったな」といわれたことを覚えている。「残心」というのは剣道の言葉で、辞引をみると「剣道では撃突した後、敵の反撃に備える心の構えをいい、弓道では矢の着点を見極めること」とある。〝心のこり〟〝第二撃〟にも通じるわけだが、なにしろ肝心の空母がどこにいるのかわからず、燃料も心細いことだし、それにトラの子の空母を無事持ってかえりたいという南雲司令長官の気持は、私にはよくわかるような気がするのである。現に、後のミッドウェーでは、米空母群に横なぐりにやられて大敗を喫したこともあるわけで、敵空母がどこにいるかわからないときには、兵を引くにしかずということになるのも無理はないと思う。

軍令部は真珠湾空母全力攻撃には当初反対だったことは前にも述べたが、その間の経緯については私の上官である福留繁軍令部第一部長（作戦部長）が著書『海軍の反省』の中でこう述べている。

ハワイ作戦の検討（福留論）

戦後に書かれたものをみると、戦前海軍のなしたことは、ことごとく対米開戦を見越しての計画的なものであったかの如くであるが、それはいささか臆断に過ぎる観方でもあり、ないし結果論でもある。元来海軍の想定敵は、ただ一つ米海軍と定められ、百事万般ことごとくこの想定敵撃破を目標として、研究し、訓練し、準備し来ったので、研究訓練項目は絶えず新軍備、新兵器、新情勢に対応して選択され、研鑽《けんさん》を重ねて来たのであり、しかも明日の戦闘即応を伝統的モットーとして来たのであるから、ハワイ攻撃の如きも時の戦略態勢即応の作戦研究問題の一つとして取上げられたのに何の不思議はないのである。

もしアメリカ艦隊が、ハワイに集中していなかったら、ハワイ攻撃といった着想はなかったことは明らかである。洋の東西を問わず、兵術思想にそう変わりはないので、このころのアメリカ艦隊司令長官リチャードソン海軍大将は、日本艦隊のハワイ攻撃に対し、真剣な懸念《けねん》をしている。たまたま一九四一年（昭和十六年）には、実際に戦争になったため、数十年来の訓練、研究、準備のすべてが十二月八日の開戦を既定の事実として、計画的に運ばれたかの如く思惟せられる結果となったのである。

一九四一年（昭和十六年）九月十日から三日間にわたって、連合艦隊の図上演習が海軍大学校図演室で実施された。この図演は恒例的な作戦研究図演であって、この年に限って行なわれたものではなかったが、軍令部も参加し一部鎮守府の作戦部隊首脳部も一堂に網羅して、新年度作戦計画に基づく各部担任作戦の研究を行なう目的のものであった。もちろん研究問題は対米作戦以外のものは何ものもなかった。

九月十三日、この作戦図演が終わった後で、連合艦隊司令部から提案された特別研究会が催された。参会者は艦隊側関係者と軍令部の作戦部員に限定され、問題はハワイ作戦の能否に関する基礎的技術的な検討であった。

この研究会はまだハワイ作戦を正式に取上げたものではなく、いわば下研究の域を出ないものであったので、軍令部総長も連合艦隊司令長官も出席しなかった。そして主として艦隊自身の研究で、軍令部側はオブザーバー的な立場であった。

研究会は半日も要しなかった程度のもので、何ら決定づけをなされたものではなかった。私は後刻研究会の状況を軍令部総長に報告したが、永野総長がハワイ作戦について知ったのはこれが最初であった。もちろん軍令部としてはまだ賛否を表明すべき段階で

はなかったが、永野総長は私の報告を聴き終わって、
「非常にきわどいやり方だね」
といって、にわかに賛成し難しとするかの語気の感想を洩らしただけであった。

軍令部の反対論（福留論）

しかしこの頃はすでに九月六日の御前会議の後であり、戦争気構えは頓《とみ》に濃厚となり、軍令部及び連合艦隊司令部間に開戦の場合に応ずる実行作戦計画が真剣に討議されるに至り、ハワイ作戦の問題が表面に出されるようになった。

十月十日ごろ、連合艦隊幕僚は、山本司令長官の旨を受けて上京し、開戦となった場合は劈頭《へきとう》ハワイ攻撃を決行したいということを、軍令部に申入れた。だが軍令部は全般的作戦指導の見地からハワイ作戦を適当ならずとして、賛同を与えなかった。軍令部が反対したのは、ハワイ作戦は必須不可欠の作戦ではない。もちろん確算が立つならば必ずしも不賛成ではないが、可能性がすこぶる疑わしい。強《し》いて敢行して失敗すれば、全作戦の蹉跌《さてつ》となり、また開戦前の作戦行動が日米交渉に累を及ぼす虞《おそ》れも少なしとしない（『海軍の反省』――第二章「海軍の作戦計画と戦局の推移」から）。

ハワイ攻撃作戦の秘密が保たれるかどうかについて軍令部は最も頭を痛めていた。攻める方は心がはやっているから攻撃のことで頭がいっぱいだが、軍令部はそうはいかない。

福留論文は次のように言っている。

㈠　この作戦の特質は、奇襲でなければ成立しないことにある。

ハワイには優勢なアメリカ全艦隊が集結している。我が機動艦隊ぐらいをぶつけたのでは、正戦をもってしては問題にならぬ。奇襲以外には成算の立たぬ作戦であり、奇襲には機密保持が絶対の条件をなす。然るにこの作戦はかなり大がかりなものであって、六十隻に上る大小各種の艦艇が、南方とは別方向の東方に向かって発航するわけで、注目もひきやすく、従って機密も洩れる心配が多い。殊に緊迫した国交情勢からして、米英の諜報網も張りめぐらされているであろうし、米英と同盟関係にあるソ連の諜報もすこぶる危険視されていた折柄で、果たして作戦の機密が保持できるかどうか、はなはだ危惧《きぐ》された。

また進撃航路途上において、敵性乃至中立国船舶に行き遭《あ》うおそれもある。これら行き遭い船に無電一本発信されれば万事休すである。もし機密の保持ができなかったような場合は、逆に我にとって致命的な結果が予想せられる。それは後のミッドウェー戦において苦杯をなめさせられた以上の、大蹉跌を開戦劈頭から来すことになる。

㈡　ハワイ作戦は如何なるスリルを冒しても決行しなければならない必須不可欠の作戦ではない。南方作戦は絶対のものであるが、ハワイ作戦は、成功すれば望ましいが、やらなくても全般作戦上差支えない。

ハワイ作戦を決行しないがために、米艦隊の来攻は必ず予期しなければならないが、しかしそれはいきなり日本本土に迫って決戦をいどむようなことは考えられず、必ずまずマーシャル群島の一角に取りついて、前進拠点をつくり、しかる後に進撃して来るであろう。したがって米艦隊を邀撃するまでには、充分時間的の余裕がある。そして全軍を結集して我が海軍多年の研究演練をつんだ邀撃決戦は可能である。であるから、失敗の虞れの多いハワイ作戦は、これを行なわざるに如《し》かずである。

㈢　日本海軍は守勢作戦を根本方針として建造整備されている関係上、航続力がはなはだ短少である。そのためハワイ進撃途上ほとんど全艦艇の燃料洋上補給を必要とする。駆逐艦の如きは片道少なくも二回を要する。冬季の北太平洋は荒天の季節であって、気象統計の示すところを以てすれば、駆逐艦の洋上補給可能日数は、一ヵ月に七日位の割合しかない。しかも機密保持のため一般船舶の常用航路を避けて北方航路をとる必要があるから、なおさら天候の障害は多い。燃料の洋上補給ができなければ、ハワイ作戦は全く不可能である。補給ができても正しく予定どおりできなければ他方面との関係上、作戦は重大な齟齬《そご》を来す。

開戦前夜の軍令部日誌（佐薙参謀）

当時軍令部員だった佐薙《さなぎ》毅《さだむ》氏（元航空自衛隊幕僚長）が『文藝春秋』へ寄稿した「開戦

前夜の軍令部日誌」は、当時の軍令部の動向をよく物語っているので、重複する場面もあるが、特に「資料」として拙著に転載させていただく。

【南方作戦と真珠湾】

連合艦隊司令長官・山本五十六大将の下で航空参謀を一年間つとめた私が、軍令部第一課（作戦課）に代わったのは、昭和十五年十二月のことであった。当時、私は四十歳、海軍中佐であった。その時期はちょうど太平洋戦争の始まる一年前に当たるが、私どもにはそれほどの緊迫感はまだなかった。

日本国内には油をはじめ重要な資源がほとんどない。米国から油の輸入制限を受けている以上、蘭印からこれを入手しなければ日本の生存も軍備も成立たなかった。万一戦争になった場合、資源補給が続かなければ、次第に戦力がジリ貧の一途をたどることは目に見えている。それで海軍は南方作戦をことさらに重視したのである。

ところで海軍の中でも、山本五十六長官を先頭に、一部の人の間では「南方」進出をはかるならば、ハワイを叩《たた》いておかなければならない、との意見があった。「南進」には対米作戦が必要という意見である。

軍令部はこれにははじめ消極的であった。それはこれまでの対米作戦計画の基本は、いわゆる漸減作戦といわれるものであったからだ。これは潜水艦などを活躍させて来攻する米艦隊を途上で叩き、少しずつ兵力を弱め、最後に日本近海で決戦、これを壊滅させるというものである。また、当時の艦船は何よりも攻撃力を重要視し、十分な航続力をもっておらず、したがってわが方から渡洋作戦をするための計画も、準備もなされていなかった（中略）。

【ハワイ作戦は決定された】

ハワイ作戦についてはその以前から軍令部と連合艦隊司令部の少数の関係者の間で真剣な検討が行なわれていたが、その成算の目途《もくと》がつき、その決行の決意を固めさせたのは、九月初頭、海軍大学校で行なわれた太平洋戦争の図上演習の結果であった。

この図上演習では南方作戦の外に、特にハワイ作戦について、関係者をごく一部のものに限って実施したのである。

予想されるさまざまな状況を想定し、連合艦隊案について図上演習を進めたところ、航空母艦兵力の一部に損害は免れないが、成功の算ありという結論が出たのである。この結論に基づいて、さらに関係者で慎重検討の結果、当初消極的だった軍令部もハワイ作戦決行の腹を決め、従来の構想になかった渡洋作戦のため本格的な準備に取りかかり、機動部隊もこの一戦に賭けて日夜猛訓練に励んだ（後略）。

「ニイタカヤマノボレ」

この二十年間に種々の戦記物や戦史が出て、あらかた語りつくされたかたちだから、十二月八日前後のことは私の口から多くは語らないが、日本郵船の「竜田丸」を十二月二日にサンフランシスコに向けて出港させたり、ハワイ攻撃部隊がまだ瀬戸内海の泊地にいるようにみせかけるため、盛んに偽交信をやらせたり、横須賀海兵団所属の水兵さんを半舷《はんげん》上陸で東京見物させて、各国在京大使館付武官の目をあざむいたり、かなり行動秘匿に努めたことはいまでもエピソードになっている。

野村大使の対米最後通牒《つうちょう》手交が予定より一時間二十分遅れたことについては、私は直接その間の経緯については知らないが、山本連合艦隊司令長官は非常に気を使って、決して攻撃より遅らせるな、と言っていたことは確かである。とにかく、三時間の余裕をみていたのが、途中で伊藤軍令部次長が「一時間前」に短縮され、おまけにワシントンでの電報解読、タイプライティングが遅れて、一時間半の遅延になったと思っている。すでにワシントンには暗号機械の焼却を電命しているくらいだから、開戦企図を隠すことはむずかしく、私たちは陸軍の南方輸送船団は発見されるかもしれないが、パール・ハーバーだけは奇襲になると信じていた。

エトロフ島の単冠湾を出たハワイ攻撃機動部隊と先遣部隊（潜水戦隊と特別攻撃隊）は十二月二日夜、有名な隠語電報「ニイタカヤマノボレ」を受信したわけだが、軍令部は十二月六日、南雲忠一中将（第一航空艦隊司令長官）あてに「日米交渉見込みなし、大本営は奇襲成功を確信する」という無電を打った。日米交渉が妥結すれば、南雲司令長官は、ハワイを空襲せずに引返すよう言われていたのだから、後になって私に「あのときもらった電報ぐらいうれしいことはなかった」と感謝されたことを覚えている。

その電報は高度の機械暗号だったから、解読されたとは思っていない。

ハワイ攻撃部隊最高責任者南雲中将の気持というものは、指揮官本人だけしかわからないと思う。最近南雲中将の弱気をなじる者もいるが、一かバチかにかけた作戦の最前線指揮官の心境をうかがうとき、同情の念を禁じえないものがある。私も開戦へ踏切る瞬間にほんとに死ぬか生きるか、占いたくなるような心境であった。真珠湾攻撃については、すでに語りつくされているから、特に言わないが、戦後、米海軍作戦部長になったアーレイ・バーク大将と帝国ホテルで会って回顧談をやったことがある。

〝三一ノット・バーク〟のアダ名があり、いまジョージタウン大学戦史研究センター理事長をしているバークが私に「なぜハワイ攻撃部隊は基地の燃料タンクを爆撃しなかったんだ。あれをやられていたら、米海軍は完全に動けなくなったのに。全く惜しいことをしたもんだ」と笑っていた。

モリソン博士の「太平洋戦争アメリカ海軍作戦史」にも同じようなことが出ているが、なぜ爆撃しなかったかは、直接攻撃に参加した人たちに聞くのが一番だが、当時でも日本海軍の燃料タンクはほとんどが地下タンクで、地上露出はしていなかったから、まさかアメリカ海軍のタンクが地上タンクで、しかも満タンになっていることなど夢にも考えなかった。

もっとも、最初に燃料タンクを爆撃すると煙幕を張ったのと同じことになり、目標がわからなくなるからやらなかったという人もある。

源田実君が航空自衛隊幕僚長のとき、ロンドンの記者会見で、真珠湾攻撃は不徹底だったと言って物議をかもしたことがあるが、機動部隊司令部内でも第二次攻撃で打切るか、さらに反復攻撃を続行するかについて意見が分かれたようで、強襲になるのを恐れたのと、機動部隊を将来に備えて傷つけまいという気持が働いたことは否定できない。元来〝いくさ〟というものはそんなもので、ベトナム戦争での米海、空軍の北ベトナム爆撃をみてもわかるように、当事者でなければなかなかわかるものではないと思っている。

次に大東亜戦争の初動をタイム・テーブルにして読者への参考とする。

一九四一年（昭和十六年）十二月六日、七日、八日ノ三日間中ノ（重要事件発生）時間表

	東京時間 十二月	場所	当地時間	発生事件
一	七日　九、四〇	ワシントン	六日　一九、四〇	「アメリカ」ノ新聞ハ天皇ニ電報発信中ナリトノ報ヲ受ク
二	一〇、〇〇	ワシントン	六日　二〇、〇〇	「ハル」氏ハ電報ガ送信ノ途中ニアル旨「グルー氏」ニ打電ス

三		一一、〇〇	ワシントン	六日 二一、〇〇	「ハル」氏ハ大統領ノ天皇宛ノ「メッセージ」ヲ「グルー」氏ニ伝達ス「ハル」氏ヨリノ電報ハ二通トモ「三倍優先」ト記シアリ。大統領ノ命ニヨリ「メッセージ」ハ容易ニ解読シ得ル暗号ニテ発信セラル。
四	七日	一二、〇〇	東京	七日 一二、〇〇	大統領ノ「メッセージ」東京ニテ受信セラル
五		一五、〇〇	東京	七日 一五、〇〇	合衆国「ラヂオ」ハ通牒ガ送信ノ途中ニアル旨放送ス
六		一八、〇〇	東京	七日 一八、〇〇	日本政府当局ハ遅クモ此ノ時間迄ニハ「メッセージ」ノ内容ヲ承知ス
七		二二、三〇	東京	七日 二二、三〇	「グルー」氏・「ハル」氏ヨリノ通牒ヲ受取ル
八	八日	〇、一五	東京	八日 〇、一五	「グルー」氏・東郷外相ト会見シ「メッセージ」ヲ朗読シ天皇ニ直接之ヲ伝達スル為謁見ヲ乞フテ帰邸ス
九		〇、四五	上海	七日 二三、四五	上海黄浦灘（共同租界）日本軍ニ占領セラル
一〇		一、四〇	「コタバル」	七日 二四、〇〇	英海岸築城海上ヨリ砲撃セラル
一一		二、〇〇	ワシントン	七日 一二、〇〇	野村氏「ハル」氏ト十三時ニ会見シタシト申出ヅ

一二	八日 二、〇五	「コタバル」	八日 〇、二五	北部「マレイ」ノ「コタバル」ニ日本軍上陸中
一三	三、〇〇	ワシントン	七日 一三、〇〇	野村氏「ハル」氏トノ会見ヲ十三時四十五分ニ延期シタシト申出ヅ
一四	三、〇五	「シンゴラ」	八日 一、二五	此ノ頃南部泰国シンゴラ及ビパタニニ日本軍上陸シ「マレイ」国境方面ニ前進ス
一五	三、二〇—三、二五	真珠湾	七日 七、五〇—七、五五	真珠湾攻撃
一六	四、〇五	ワシントン	七日 一四、〇五	野村氏「ハル」氏ノ事務所ニ到着ス
一七	四、二〇	ワシントン	七日 一四、二〇	野村氏「ハル」氏ニ交渉停止ノ文書第二二一五〝N〟ヲ手交ス
一八	五、二〇	上海	八日 四、二〇	英国軍艦「ベテレル」号撃沈セラレ死傷者ヲ出ス
一九	五、三〇	タイ国	八日 三、三〇	日本軍印度支那ヨリ泰国ニ侵入ス
二〇	六、一〇	シンガポール	八日 四、三〇	シンガポール空襲
二一	七、〇〇	東京	八日 七、〇〇	東京「ラヂオ」ハ戦争開始ノ最初ノ放送ヲナス

二二	七、三〇	東京	八日　七、三〇	「グルー」氏東郷外務大臣ノ要請ニヨリ同氏ヲ訪問、東郷ハ野村氏ヨリ「ハル」氏ニ手交セル文書ノ写ヲ「グルー」氏ニ手交シ大統領ノ「メッセージ」ニ対スル天皇ノ回答ナリト説明ス
二三	八、〇〇	東京	八日　八、〇〇	「サア・ロバアート・クレイギー」氏東郷外務大臣ノ要請ニヨリ同氏ヲ訪問、上記ト同一ノ文書ヲ受取ル
二四	八、〇五	「グワム」	八日　八、〇五	「グワム」島攻撃セラル
二五	九、〇〇	香港	八日　八、〇〇	香港攻撃セラル
二六	八日一一、四〇―一二、〇〇ノ間	東京	八日一一、四〇―一二、〇〇ノ間	詔勅渙布セラル

同十二月七日―八日ノ東京規準東方へ向ッテノ比較時間表

東京 グワム	十二月八日
真珠湾	十二月七日
ワシントン	十二月七日
グリニッチ	十二月七日
バンコック	十二月七日
コタバル シンガポール	十二月七日
香港 上海 マニラ	十二月七日

（東京裁判記録から）

真珠湾攻撃の一時間前

真珠湾攻撃の一時間前に米海軍は日本潜水艦を撃沈した。一般の人はあまり気がついていないが、日米戦争は真珠湾空襲の一時間前に真珠湾外で米国駆逐艦一隻と哨戒機が日本潜水艦を撃沈した時から始まったのである。

すなわち米国政府が一九四一年十二月十八日組織した真珠湾査問会海軍公式報告書（一九四二年一月二十三日提出）には次のように述べてある。

「……十二月七日の朝、空襲の約一時間前に、作戦海域において特殊潜航艇を発見し、海軍哨戒機と沿岸警備の駆逐艦とが協力してこれを攻撃し、撃沈した。しかしながらオアフ島付に、たまたま一潜水艦が存在した事実からして、直ちに真珠湾空襲が差し迫っているということを知る術はなかった。海上にある太平洋艦隊の保全上、キンメル提督のとった予防策は適切、有効であったことは事実である。一九四一年十二月七日（アメリカ時）、またはそれ以前に、海軍艦船が太平洋上に行動中奇襲されたことも、また損害を受けたこともなかったのである」

つぶれたF・S作戦

豪州作戦

開戦当時にもっていた作戦の構想は、日本の戦争遂行、ないし産業の稼動に必要な南方地域の油、米、鉄、石炭、ボーキサイトなどを押えるための第一段作戦と、これにたいする防衛線をつくるため、ニューギニア、ラバウル、ソロモンに手をつけ、ジャワ、マレー、ビルマにはいる第二段作戦とに分かれていた。

第一段作戦は、期間が四、五ヵ月で、綿密なスケジュールが出来た。

第二段作戦は、ビルマとインドを英国圏から脱落ないし独立させ、ビルマ作戦で南に押出す。ニューギニアとソロモンを押えて豪州（オーストラリア）を戦争から脱落させることをねらいとした。しかし、これは、具体的には非常に困難な作戦で、アメリカがどのくらいやるか、第一段作戦で彼我の兵力がどのくらい減るかを見てから、詳細な計画を立てることになっていた。

　さて、開戦してみると、第一段作戦は、まったく予定どおりに進行する。終わりごろになって、消耗の見込みもついたので、そろそろ第二段作戦に移ろうということになったが、ここで、私が非常に心配したのは、豪州のことであった。アメリカの戦力は、二年たつと膨大なものになる計算だった。――飛行機は十倍になる。艦船も十倍になる。しかし、いくら十倍になっても、米本土や、ハワイにひしめいているかぎり、ひとつも怖《こわ》くない。ことに飛行機は、それが戦力を十分発揮できるように、基地に展開しなければ、意味はない。この戦争の戦場で、格好の展開場所を捜すと、太平洋では豪州しかない。北からの道は、鎗《やり》の先のように細いし、インドに出てくるには、欧州の戦場を通って、地球をひと回りしてこなければならない。この大きな戦力が、広大な豪州に展開して、ドッと北に突き上げてきたら、ちょっとかなわない。どうしても、豪州は、早く脱落させるか、アメリカとの間を遮断《しゃだん》するかしなければならない。

　陸軍に話すと、豪州を占領することはできないという。陸軍は北に備えているので、このうえ五、六個師団もの兵力は出せない。日本の戦力として、そんな作戦は無謀だという。なるほど、それにも理屈はある。無謀かもしれない。が、いったん戦争が始まった以上、相手をやっつけて、勝たなければならない。勝つためには、どんなことがあっても、敵に豪州の使用を許してはならないのだ。敵が、まだ準備出来ないうちなら、豪州をとることもできる。このまま、ずるずると二年経ち、アメリカが飛行機をどしどし注ぎこんで、豪州をフルに使いはじめたら、日本は、おそらくその物量に対抗できなくなるだろう。

そう考えて、議論と折衝をしたが、成功しない。豪州ばかりは、海軍だけでは、どうすることもできないので、やむを得ず、ガダルカナルとポート・モレスビーに出る。西はビルマをやることにしたのだが、はからずも、ここに大きな壁にぶつかった。

連合艦隊司令部と軍令部との間に、戦略思想の食違いが出てきたのである。司令部の方では、ミッドウェーを押えないと、本土の空襲がある。米機動部隊が空襲をかけてくる。ミッドウェーは小さい島だが、確保しておこうという。

軍令部は、南東に手を伸ばして、潜水艦の基地を置き、航空基地を若干置いて、米豪遮断をやろう。その裏付けとなる機動部隊は、まるで百発百中に近い技量をもった精鋭の搭乗員を抱えた、ハワイ、マレー沖、セイロン沖の全力がそのままある。いざとなれば、これを繰出せば十分だと考える。それで、非常な論争になった。あとから考えると、これが日本海軍の死命を制した論争であったが――。

その結果、出てきた結論は、まずミッドウェーをやり、それが済んだら豪州遮断にかかる、ということだった。それで、一応、南東にも分力で手を打ったが、主力はミッドウェーに向かって出撃した。ところが、ああいう敗戦に終わり、老練な搭乗員は、ほとんど全部死んでしまった。致命的な敗戦だった。

国民の一生懸命の支援を得て、機動部隊が、その後も続々と作られたが、数からは負けなかったにしても、内容、つまり人が伴わなかった。

戦争ばかりとは限らないが、物も重要ではあるが、やはり、何よりも大切なのは、人とその腕である。

連合艦隊の失敗

ミッドウェーで敗れた後は、作戦のバックとなる力がなくなった。陸上航空兵力も落ちていた。しかし、豪州を放っておけば、ますます容易ならぬことになるので、アメリカの戦力がほんとに出てくる前に、どうしても遮断してしまおうと考えた。その間にも敵に打撃を与え、戦力を殺《そ》いで、作戦を有利に展開しなければならない。

開戦前の図上演習で燃料の消費量、船舶の撃沈などの損耗予想などもやったが、机上作戦と実戦とでは大違いで、蘭印攻略の成功率を五ヵ月以内で七〇パーセントとふんで、蘭印石油にも大いに期待をかけていたが、いざ蘭印産油を艦艇に使用してみるとパラフィンの含有量が多く、アリューシャン作戦では、パラフィンを溶かす特別装置をつけたり、まならぬことが多かった。要するに劣勢なものだから奇襲、先制にたよらなくてはならず、したがって無理押しということにもなり、四つ相撲がとれない。

真珠湾はハリ手みたいなもので、〝必勝の信念〟〝奮励努力〟だけでは勝てない。緒戦はとにかくうまくいったが、いずれ米英両国がオーストラリアを基地として南から巻上げて

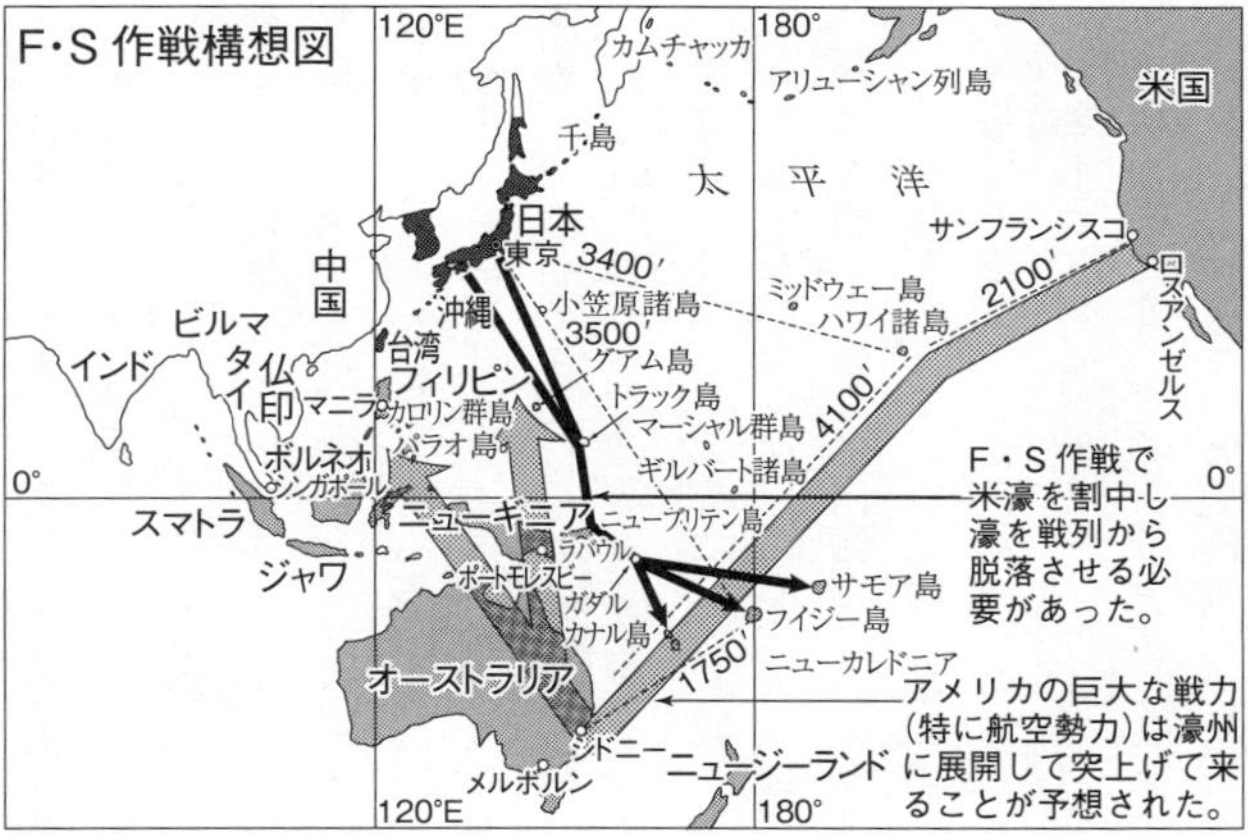

くることは目に見えていた。
　昭和十七年の三月七日に連絡会議が開かれて、そのときに世界情勢判断の参考として豪州とニュージーランドの連合国基地化問題が出された。初期作戦の成果をスプリング・ボードにして、さらに攻勢に転じるか、それとも戦略的守勢を堅持するかで陸軍と海軍との意見が対立した。フィジー、サモア、ニューカレドニアの攻略をもって米豪間の交通路を遮断するF・S作戦は海軍の持論でもあり、海軍戦略として当然なのだが、海軍はさらにオーストラリア攻略論を主張した。陸軍は中国本土の二倍近い面積のオーストラリア攻略は、七千キロの長大攻撃線と相まって攻勢終末点を越える反兵理的作戦だとして猛烈に反対した。結局は豪州占領を断念したのだが、しかし、米英の反攻は目に見えていたから、ポートモレスビー攻略とフィジー、サモ

ア、ニューカレドニア攻略を陸海協同でやることになった。
南はフィジー、サモア、ニューカレドニアを、西はアンダマン、ニコバル、セイロンを、と、とにかく当たるべからざる勢いだったが、十七年四月十八日のドゥーリットル東京爆撃機隊の出現でミッドウェー、アリューシャン作戦が山本連合艦隊司令長官の熱心な意見具申の結果生まれ、F・S（フィジー・サモアの頭文字）作戦がつぶれたが、私個人としてはF・S作戦には今でも心残りがしている。

元大本営海軍部参謀の冨永謙吾氏（報道部）がミッドウェー海戦の大本営発表について書かれた資料の中で、当時の大本営作戦室（霞ヶ関）の状況を描写しているので、参考のために引用してみる。

この大本営の作戦室というのは、いわば大本営の中枢神経にあたる。この部屋は、とんだ粗末なバラックである。広さは三間と四間の十二坪（三九・六平方メートル）ぐらい。ベニヤ板の壁張りに南側だけがガラス窓になって、二つの煉瓦《れんが》づくりの建物の空間を塞《ふさ》いだだけだ。おまけに二階に続いているから、外からみるとパプア族の樹上の家といった形である。ここに日本海軍の智嚢《ちのう》——大本営海軍部の作戦部長以下の参謀が頑張っているわけである。昭和十六年十二月八日午前三時十六分、ハワイ攻撃の第一次攻撃隊指揮官が打った〝全軍突撃せよ〟（「トトトト」）の電報、同三時二十三分〝われ奇襲に成功す〟（トラ連送）の歴史的電波の第一報がはいったのも、この部屋であった。

ところが、十七年六月六日の朝九時ごろ報道部の発表主務部員がいつものように作戦室へはいってゆくと、この日の作戦室の空気が重苦しく、いつもの顔ぶれが、一語も発せずに黙りこくっているのに気がついた。電報を繰っていると、一時間前にきたばかりの電報の文句に眼が釘《くぎ》付けになった。わが眼を疑ってもう一度読み返してみたが、矢っ張り同じである。

わが艦隊がミッドウェーで〈敵艦上機および陸上機の攻撃を受け、「加賀」「蒼竜」「赤城」大火災。飛竜をして敵空母を攻撃せしめ、機動部隊は一応北方に避退、兵力を集結せんとす〉というのである。

だれも口をきかない理由が了解できた。〈わが隊は敵航空母艦を攻撃中なり〉この電報は一時大きな望みを抱かせたが、ただ一隻残っていた「飛竜」の運命と母艦群の悲運をまざまざ物語る悲電が関係者の顔を一層暗いものにした。

〈「飛竜」に爆弾命中火災〉

〈敵空母四隻依然存在す。わが母艦は作戦可能なるもの皆無なり〉

この時から三日三晩、作戦会議は善後策の凝議《ぎょうぎ》に、発表の対策に明けくれた。発表原案として我方の損害、空母二隻喪失、一隻大破、一隻小破、巡洋艦一隻沈没が提案されたが、すぐに作戦部の強硬な反対を受けた。軍務局も同意しなかった。報道課長と主務部員は国民に真相を知らせて、奮起をうながす必要ありとして、夜も寝ずに関係者の説得に飛び回った。しかしながら、国民の士気と戦意の沮喪《そそう》を顧慮することに重きを置いて、発表は事実から遠いものとなった。報道部の提案は遂に採用されなかったのである（『現代史資料月報――大本営付録――冨永謙吾』から引用）。

冨永氏はまた、その著『大本営発表』の中で、日本側の発表と、米側の発表とを次のように対比させている。

国民の士気に影響するから発表しない――それは何たる無責任な鹿爪《しかつめ》らしい〝臭いものには蓋〟主義であろう！

大本営発表（六月十日午後三時三十分）

東太平洋全海域に作戦中の帝国海軍部隊は六月四日アリューシャン列島の敵拠点ダッチハーバー並に同列島一帯を急襲し、四日五日両日に亘り反復これを攻撃せり、一方同五日洋心の敵根拠地ミッドウェーに対し猛烈なる強襲を敢行すると共に、同方面に増援中の米国艦隊を捕捉、猛攻を加え、敵海上及航空兵力並に重要軍事施設に甚大なる損害を与えたり。更に同七日以後陸軍部隊と緊密なる協同の下にアリューシャン列島の諸要点を攻略し目下尚作戦続行中なり、現在迄《まで》に判明せる戦果左の如し。

一、ミッドウェー方面

（イ）米航空母艦エンタープライズ型一隻及ホーネット型一隻撃沈。

(ロ) 彼我上空に於て撃墜せる飛行機約百二十機。
(ハ) 重要軍事施設爆破。
二、ダッチハーバー方面
(イ) 撃墜破せる飛行機十四機。
(ロ) 大型輸送船一隻撃沈。
(ハ) 重油槽群二箇所、大格納庫一棟爆破炎上。
三、本作戦に於る我が方損害
(イ) 航空母艦一隻喪失、同一隻大破、巡洋艦一隻大破。
(ロ) 未帰還飛行機三十五機。

大本営発表（六月十五日午後四時三十分）
一、曩《さき》に発表せるミッドウェー強襲に於ける戦果中に米甲巡サンフランシスコ型一隻及米潜水艦一隻撃沈を追加す。
二、右強襲に於て撃墜せる飛行機は約百五十機なること判明せり。
大本営発表（六月十八日午後三時三十分）
曩に発表せるダッチハーバー急襲の詳報に依れば帝国海軍部隊は六月四日、五日同方面特有の荒天を衝き攻撃を敢行、敵機二十一機を撃墜破すると共に敵重要軍事施設の大半を壊滅せること判明せり。

大本営発表（六月十八日）

ミッドウェー強襲において撃沈と発表せるホーネット型は「ヨークタウン」たりしこと、またエンタープライズ型は損傷を受けたること判明せり。

米太平洋艦隊司令部発表（六月六日）

未だ日本艦隊の主要な損害を公表する時期ではない。……敵艦隊は避退しつつある模様ではあるが、戦闘はなお続行中である。

米太平洋艦隊司令部発表（六月七日）

重大な勝利は将《まさ》に達成されようとしている。しかし戦闘はなお終結には至らない。敵に与えた損害は航空母艦二隻乃至三隻を搭載飛行機全部と共に撃沈破した外、他の一隻乃至二隻の航空母艦を大破したものと認めている。

キング作戦部長声明（六月八日）

敵艦隊は相当な痛撃を蒙ったけれども、すでに敗退し去ったとは言えない。彼等はただ「引き下った」のである。（原文のまま）

とにかくミッドウェーを皮切りに、昭和十七年の後半から大東亜戦争は下り坂になった。そして結局は〝国力の差〟がものを言い始めたのである。

陸、海戦略思想の相違がオーストラリア攻略論争で出たかたちだが、結局は国力と資源が続かなかったのである。石油と船舶問題が最後まで陸、海両軍について回ったのも何かの因縁で、タンカーの奪い合いも、最後には大和の片道燃料沖縄特攻、松根油掘りも、太平洋戦争を突きつめると、いつも石油にぶち当たってくる。F・S作戦では、ニューカレドニアのニッケルに海軍は執着していた。最近のニュースによれば、ニューカレドニアのニッケル鉱石は、需要に追いつかないほどで、日本はニッケル鉱石輸入の七五パーセント前後をニューカレドニアにあおいでいるという。

昭和十七年という年はふりかえってみると、どえらい年だった。特に後半から十八年にかけて、半年のガダルカナル戦で陸軍は約二万強、海軍は約四千の人命を失い、また、その輸送作戦で駆逐艦五隻、潜水艦二隻を沈没させ、駆逐艦十九隻、戦艦三隻の損傷と基地航空機多数を失ったことは、海軍にとって痛かったのも事実である。しかし、それよりもこのガ島戦で陸軍が離島作戦に対して深刻な疑問をいだき始めたことと、海軍はもはや米豪遮断作戦が一場の夢と化したことを思い知らされたことは、その後の戦局に対し常に暗い影を投じることになった。この離島作戦に対する陸軍の不信が、ついには沖縄戦に重大な影響を与えることになるのである。

陸軍もガ島作戦では部内で大荒れに荒れ、田中新一参謀本部第一部長（作戦部長）が東条さんを「バカヤロー」とどなりつけて、やめた事件もあった。これも船舶の損耗補充量を半分に削られたことから起こっており、陸軍も海軍も船舶補充には頭を痛めた。作戦部長としては、それこそ身を削られるような思いだったろうし、東条さんも総理である以上、民需のことも考えなければならず、お互いに辛いことだったと思っている。

海上護衛作戦の重要性を甘くみたことの自己批判は海軍参謀として当然であるし、これについては大井篤氏の名著『海上護衛戦』がある。

海軍参謀

軍令部の機構と機能

本書は、「海軍参謀」ということを表題としていて、まえがきに断わったとおり、「富岡参謀自伝」のつもりはないのに、前段において、個人の生い立ちに比較的多くの紙数を割《さ》いたのは、旧日本海軍の「標準型参謀」の考え方や、人となりが、どういうものに影響されているかの、いわゆるバックグラウンドを浮き上がらせたかったからであるが、以後は、日本海軍の制度や伝統に触れていこうと思う。

まず軍令部機構であるが、**上表**〔次頁〕のように天皇に直隷《ちょくれい》しておるが、人事配員は海軍大臣が握っている。

陸軍の参謀本部が海軍と違っているところは、参謀官の人事を参謀総長が握っている点である。

戦時には、軍令部の大部は大本営となり、参謀本部とともに天皇の直裁下に一体となったような形式をとる。大本営海軍部参謀というのは、最小限の定員が定められていて、あんまり多数にならないようになっており、宮中における大本営というものも終戦前にはあって、実際に陸海軍机をならべて執務したこともあったが、短期間で続かなかった。

海軍系統要覧表

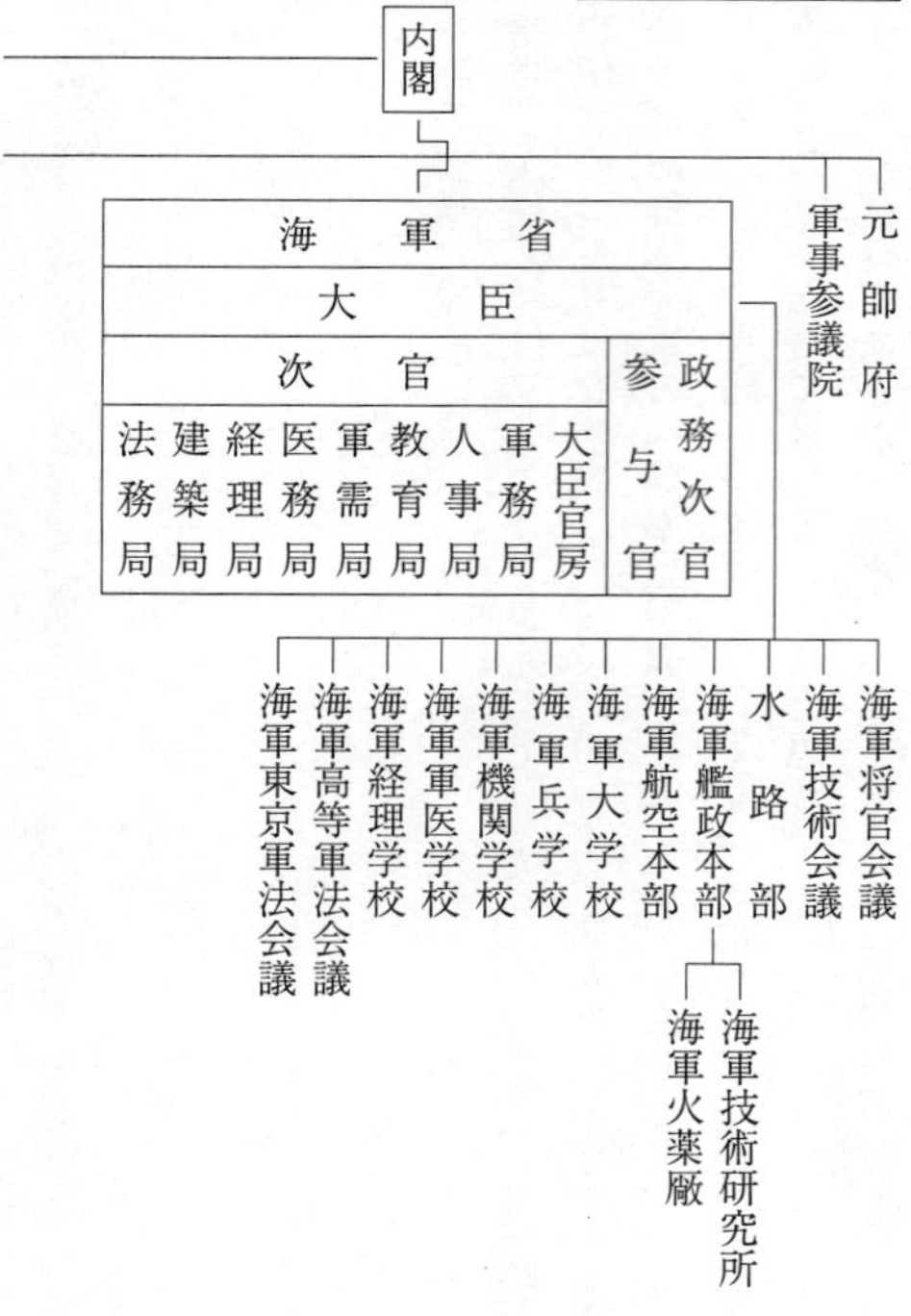

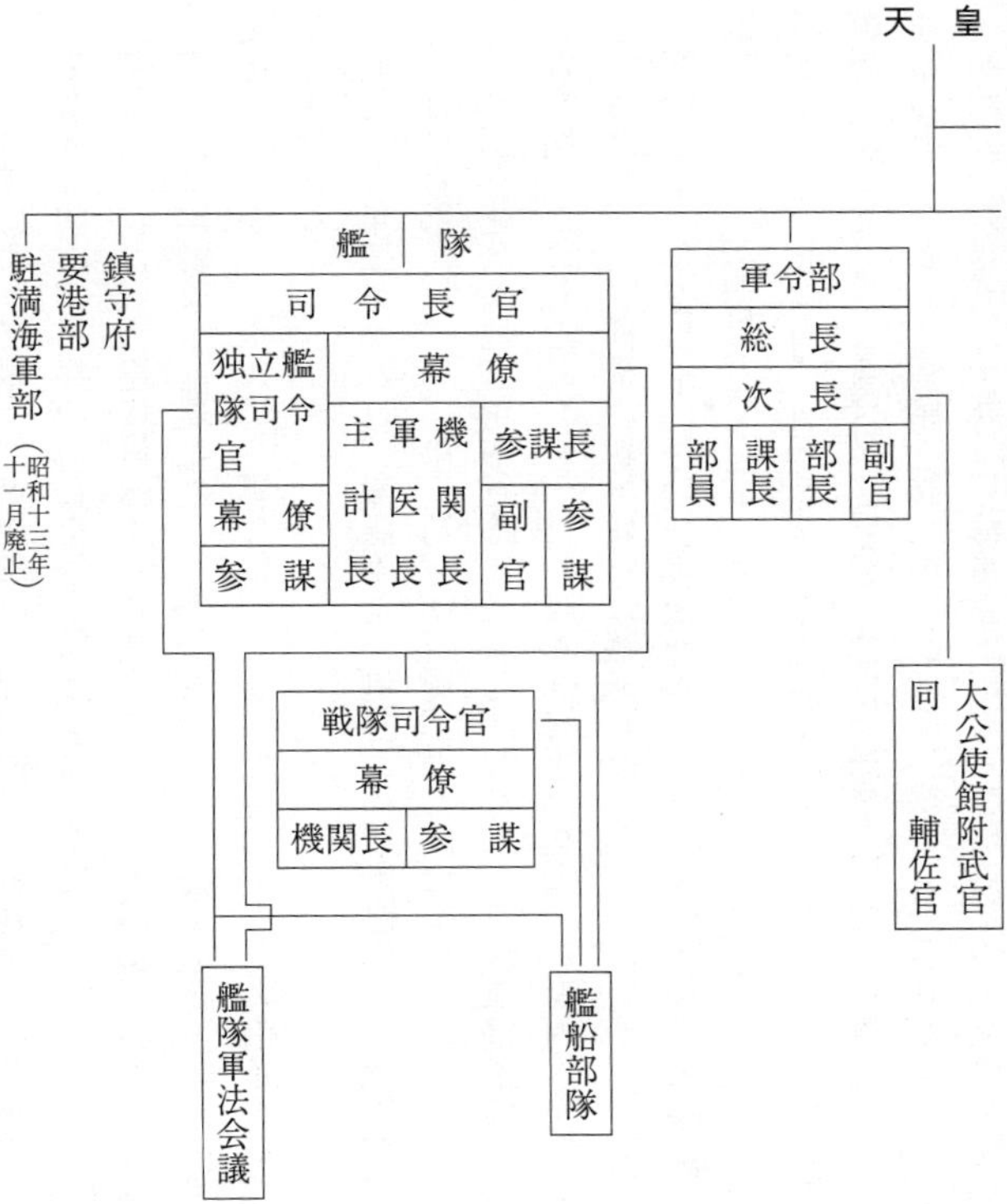
天皇
鎮守府
要港部
駐満海軍部（昭和十三年十一月廃止）
艦隊
司令長官
独立艦隊司令官
幕僚
参謀
幕僚
主計長
軍医長
機関長
参謀長
副官
参謀
戦隊司令官
幕僚
機関長
参謀
艦隊軍法会議
艦船部隊
軍令部
総長
次長
部員
課長
部長
副官
大公使館附武官
同輔佐官

以上の表によって軍令部とか参謀本部の位置を概観することができたと思う。

軍令部は国防、用兵のことを掌（つかさど）るところである。

軍令部総長は、天皇に直隷する親補官で、帷幄《いあく》の機務に参画し、軍令部を統轄していた。軍令部は「参謀本部海軍部」「海軍参謀本部」「海軍参謀部」「海軍軍令部」などの名称変更を経てから、たんに「軍令部」となったもので、その沿革を摘記してみると大要次のとおりである。

明治十九年三月十八日、参謀本部条例を改め、参謀本部に陸軍部、海軍部を設け、海軍部には副官部、第一局、第二局、第三局、編纂《へんさん》課および会計を置き、同月三十一日参謀本部海軍部を芝公園地海軍本省跡に設置し、四月二十二日海軍条例を制定して、軍政、軍令の別を明らかにした。五月一日参謀本部海軍部を海軍省構内（赤坂葵町旧工部省跡）に移し、十一月四日、再び同構内新築建物に移転した。

明治二十一年五月十二日、参謀本部を廃して「軍事官制」を定め、「参軍」の下に「陸軍参謀本部」「海軍参謀本部」を置いた。

明治二十二年三月七日、参軍および陸軍、海軍の両参謀本部を廃し、さらに「参謀本部」「海軍参謀部」を設け、海軍参謀部は海軍大臣の下に置いて、たんに軍事計画（作戦）を掌るところとして、第一課、第二課、第三課に区分された。

明治二十六年五月十九日、海軍参謀部ならびに海軍中央文庫を廃して「海軍軍令部」が置かれた（勅令第四九号）。当時の軍令部には副官、第一局、第二局と海軍文庫が置かれていた。

明治二十九年三月十六日、海軍軍令部条令を改め「牒報課」を新設した。

明治三十六年十二月二十六日、海軍軍令部内における局を廃して「参謀」を置くことにした。

大正三年八月二十三日、条令中、戦時大本営を置かない場合、作戦に関する奉勅命令は海軍軍令部長がこれを伝達するように改められた。

昭和七年九月二十七日、海軍軍令部を「軍令部」に改め、海軍軍令部長を「軍令部総長」と改称した（『近世帝国海軍史要』昭和十三年・広瀬彦太編、財団法人・海軍有終会発行による）。以下前項についての条文の移り変わりをみると——海軍の軍令機関が初めて独立したのは、やっと明治十九年三月十八日になってからである。

「参謀本部（明治十一年十二月設置）は陸海軍事計画を司る所にして、各監軍部近衛、各鎮台、各鎮守府、各艦隊の参謀部、ならびに陸軍大学校、軍用電信隊を統轄す」（第一条）

「本部長は皇族一人勅に依りてこれに任じ、部事を統轄し、帷幄の機務に参画するを司る」（第二条）

「本部次長二人陸海軍将官よりこれに任じ、本部長を補佐して部事を分担整理す」（第

▽歴代軍令部総長

名称	就任年月日	官氏名	記事
海軍軍事部長	明治一七―二―一三	少将 二礼景範	明治十九年三月参謀本部に海軍部と陸軍部を置く
	一九―三―一六	陸軍大将大勲位 熾仁親王	
海軍参謀本部長	明治二一―五―一四	中将子爵 二礼景範	明治二十一年五月参謀本部を廃して海軍参謀本部を置く
海軍参謀部長	明治二二―三―八	少将 伊藤雋吉	明治二十二年三月海軍参謀部を置く
	二三―五―一五	少将 有地品之允	
	二四―六―一七	少将 井上良馨	
	二五―一二―一二	中将子爵 中牟田倉之助	

海軍軍令部長		
明治二六—五—二〇	中将子爵	中牟田倉之助
二七—七—一八	中将子爵	樺山資紀
二八—五—一一	中将	伊東祐亨
三八—一二—二〇	大将男爵	東郷平八郎
四二—一二—一	大将男爵	伊集院五郎
大正三—四—二二	中将	島村速雄
九—一二—一	大将	山下源太郎
一四—四—一五	大将	鈴木貫太郎
昭和四—一—二二	大将	加藤寛治
五—六—一一	大将	谷口尚真
（明治二十六年五月以降海軍軍令部長と称す）		

軍令部総長		
昭和七—二—二	元帥大将大勲位	博恭王
一六	大将	永野修身
一八	大将	嶋田繁太郎
一九	大将	及川古志郎
二〇	大将	豊田副武
（昭和七年海軍軍令部を軍令部と改称し、軍令部長を軍令部総長と称す）（のち元帥）		

三条）

二十一年五月に参謀本部条令が廃止されて参軍官制が出来たが「陸軍参謀本部長」と「海軍参謀本部長」とは「参軍」を補佐するかたちで残った。

明治二十二年三月七日になって、陸海軍は分離して「参謀本部」「海軍参謀部」となり、一たんは独立しながら、軍令機関はまたも海軍大臣の管掌下にはいってしまった。

第一条、海軍大臣は各省官制に掲ぐるもののほか、帷幕の機務に參じ、出師《すいし》、作戦、海防の計画に任ずるものとす。

第二条、海軍大臣の下に海軍参謀部を置き、軍事の計画を掌らしむ。

第三条、海軍参謀部に長一人を置き、将官を以てこれに補し部務を総理せしむ。

「海軍軍令部」として「海軍参謀部」が生まれ変わったのは、日清戦争直前の明治二十六年五月二十九日のことで、参謀本部にも海軍大臣にも従属しない自主的な軍令機関である。その条項は次のように定められた。

第一条、海軍軍令部を東京に置く。出師、作戦、沿岸防禦の計画を掌り、鎮守府および艦隊の参謀将校を監督し、また海軍訓練を監視す。

第二条、海軍大将もしくは海軍中将を以て海軍軍令部長に親補し、天皇に直隷《ちょくれい》し、帷幄の機務に參し、部務を管理せしむ。

第三条、戦略上、事の海軍軍令に関するものは海軍軍令部長の管知するところにして、これが参画をなし、親裁の後、平時にありてはこれを海軍大臣に移し、戦時にありてはただちにこれを鎮守府司令長官、艦隊司令長官に伝宣す。

第四条、海軍軍令部長は勅を奉じ検閲使となり鎮守府および艦隊の検閲を行なう。

これはその後たびたび改正されたが、大綱には変わりなく、昭和七年九月二十七日に旧海軍軍令部条例が廃止されて「軍令部令」が制定され、海軍軍令部はたんに「軍令部」、海軍軍令部長は「軍令部総長」と改称、以後そのように呼びならわせるようになった。

第一条、軍令部は国防用兵の事を掌るところとす。

第二条、軍令部に総長を置く。親補とす。総長は天皇に直隷し帷幄の機務に参画し軍令部を統轄す。

第三条、総長は国防用兵の計画を掌り用兵の事を伝達す。

海軍軍令部の独立に当たっては山本権兵衛伯（当時大佐）が、反対の急先鋒だった山県有朋大将を口説いて実現し、独壇場にあったことは、有名な歴史的事実であり、読者は『山本権兵衛と海軍』や故伊藤正徳氏の『大海軍を想う』に詳しいから参照されたい。

なお兵部省は明治五年二月二十七日廃止され、同二十八日に「陸軍省」と「海軍省」が創設された（海軍卿には明治六年十月二十五日に勝海舟が任ぜられている）。

太平洋戦争末期（昭和二十年四月）に「陸海合一問題に関する意見上申書」が、陸軍大佐林三郎、陸軍中佐竹下正彦の名で梅津美治郎参謀総長に出されたこともあり、「兵部省」

〔大本営海軍参謀部勤務分担表〕（昭和十八年一月三十日）

部	大本営海軍参謀				参謀府	勤務分担	附属
	大(中)佐一、中(少)佐一					戦争指導に関する一般事項	
第一部	中(少)将一	第一課	大佐　一	大(中)佐一 中(少)佐七 中(少)佐五(兼)	佐(尉)官一	作戦、編制 所要兵力 作戦諸記録	特務士官（准士官）一 下士官　三 書　記　一
		第二課	大佐　一	中(少)佐四 中(少)佐四(兼)		制度、教育訓練 編制の一部分掌	
		第十二課	大中佐一	中(少)佐三 中(少)佐三(兼)	佐(尉)官一	内戦作戦、防備 戦時警備 海上交通保護	
第二部	中(少)将一	第三課	大佐　一	中　佐一 中(少)佐三 中(少)佐六(兼)		艦艇、航空機、兵器、水陸施設	下士官　二
		第四課	大佐　一	中(少)佐一 中(少)佐一	佐(尉)官一	運輸、補給 徴傭船舶	
				中　佐一 中(少)佐二 中(中)佐一(兼)		出師準備、人員充実 国家総動員	

135　海軍参謀

部	部長	課	課長	課員	佐（尉）官	所掌	下士官
第三部	中（少）将一		大（中）佐一、中（少）佐二		佐（尉）官三	情報綜合、大本営附属諜報機関の勤務	下士官 編修一〇二 編修書記二六
		第五課	大佐一	中（少）佐三	佐（尉）官一	米国に関する情報	
				中（少）佐一		米州に関する情報	
		第六課	大佐一	中（少）佐二	佐（尉）官一	支那に関する情報	
				中（少）佐一		満州国に関する情報	
		第七課	大佐一	中（少）佐四	佐（尉）官一	欧州諸国（蘇聯邦を含む）に関する情報	
		第八課	大佐一	中（少）佐四	佐（尉）官一	英国及欧州諸国の一部並に泰国に関する情報	
	中（少）将一（兼）		中（少）将一 大佐二、中（少）佐六			大本営海軍通信部の所掌に関する事項	
			中（少）将一　中（少）佐一 大（中）佐二、中（少）佐一（兼）			通信諜報の実施に関する事項	
	中（少）将一		大佐一、中（少）佐二			大本営海軍報道部の所掌に関する事項	

記　事

一、部、課の首席参謀を各部長、課長とす
二、第四課運輸補給徴傭船舶担任の中（少）佐一及出師準備担任の中（少）佐一（兼）は機関学校出身の将校を充つ
三、本表の外必要に応じ兼務を命ず
四、本表中下士官は判任文官又は兵を以て代うることを得
五、本表の外大本営海軍参謀附属として第三部に主計科尉官三名を置く

という古色蒼然《そうぜん》たる名称がよみがえりかけたが、実現はしなかった。

上申書の中に次のような言葉が出てくるので、参考のため引用する。

陸海軍には各々多年の伝統あり、習慣あり、また両軍間感情上の蟠《わだかま》りなど無きにあらず。この両者を急速に一体化するも機能の減退、能率の低下を免れず、現戦局に適応するの道にあらずとするの論あるも、両軍合一によりて、庶幾《しょき》し得る作戦思想の一元化、両軍戦備、兵備の綜合統一性の確保、両者協議決定に依る事務の煩累除去などの本質的利益享受に比すれば、その害は特に謂《い》うに足るものに非ず……。（稲葉正夫編『現代史資料37―大本営』昭和四十二年三月・みすず書房刊）

陸、海両軍統帥部の問題については「参謀本部の陸軍省に対する地位と、軍令部の海軍省に対する地位とは大なる差異（海軍軍務局の統制威力強大）あるを以て、単に両統帥部のみを合一するも所望を期せざるべし」

と言っているのは興味深いものがある。

以上は主として中央の参謀のことだが、もちろん艦隊には艦隊参謀があり、戦隊にも参謀がいたし、また鎮守府、要港部または警備府にも参謀があり、海軍大学校教官も参謀官の資格を持っていたのである。

軍令部総長に作戦指揮権なし

軍令部総長が本質的に作戦指揮権を持っていないと聞いたら、大抵の人は「なにをバカな」と一笑に付すかもしれないが、それは事実であった。

　このことの悲哀を、身をもって体験した日本海軍最後の連合艦隊司令長官であり、軍令部総長だった豊田副武大将が、東京裁判で無罪になるまでの経緯《いきさつ》とともに軍令部総長の機能に関して語っているので、以下多少重複する点もあるが、極東裁判法廷に対する陳述書中「軍令部」に関する部の一部を掲げて参考とする。

【豊田軍令部総長の軍令部に関する陳述書の一部（極東裁判用）】

一〇八　軍令部は国防用兵の事を掌る所（軍令部令第一条）で、軍令部総長は天皇に直隷し、帷幄の機務に参画し、軍令部を統轄し（第二条）、国防用兵の計画を掌り、用兵のことを伝達する（第三条）ことになっていた。又艦隊令、鎮守府令等に定められたところによって、これらの司令長官は作戦計画に関し、軍令部総長の指示を受けることになっていた。

　右に述べたところによって明らかな如く、軍令部総長は国防用兵に関し、天皇に対する最高の幕僚機関であって、各司令長官に対し、作戦計画に関する指示権は与えられていたが、指揮統率の権限は与えられてはいなかった。作戦用兵の根源となる至上命令は、軍令部総長が立案して天皇に奏上し、その裁可を得たる後天皇の名において発令せられ、軍令部総長これを受令者に伝達することになっており、戦時はこれを「大海令」と呼称せられた。この大海令には多くの場合、作戦用兵の基本的要綱を極めて簡潔に記述するに止め、「細項に関しては軍令部総長をして指示せしむ」と附記せらるるのが例であった。ここにおいて、軍令部総長は天皇から委任せられた範囲内において、軍隊に対し作戦用兵上の指示権を有することになるのであるが、その権限は範囲が限定的であるばかりでなく、司令長官が麾下部隊に対して有する指揮統率権とは、本質的に趣を異にするものであった。この軍令部総長の指示は、戦時はこれを「大海指」と呼称せられた。

一〇九　大海令発布の時機及び内容は左の如きものであった。

a、新作戦の準備及び開始に関し、作戦目的、作戦部隊の任務、時機、実施の大綱、友軍との関係等

b、陸海軍間又は独立部隊間に特別の指揮関係を設定する時

c、戦局に応じ作戦方針に重大なる変化ありたる時

大海指は大海令に基きその細項を指示するものであるが、その内容は概ね左の如きものであった。

a、作戦計画及び作戦方針

b、作戦実施上準拠すべき事項
c、作戦地域及び使用兵力の大要
d、各部隊の主要任務
e、陸海軍間における作戦協定
f、独立部隊間に特別の指揮関係を設定する時
g、作戦準備に関する事項

大海指には指揮関係の設定の如き大海令にあるものと全然同性質の事項があるが、これは根本となる大海令によって権限を与えられていたからに外ならぬ。たとえ軽微な事項でも、権限を与えられていない限りは、何事も大海指を以て指示することは出来なかった。なお大海指には作戦方針及び作戦実施上準拠すべき事項等については具体的に明示するのを例としたが、作戦地域、兵力区分、各部隊の任務、作戦実施の方策等については、大綱の目途を示すだけで、決して具体的に指示することはなかった。換言すれば、多くの場合大海令、大海指だけでは、作戦部隊は作戦行動を起すことが不可能なのであって、各司令長官以下各級指揮官は、その職責に応じて各部隊の任務と行動とを律する作戦命令を出して、初めて作戦指揮の体系が整備するわけであった。

一一〇　戦時中軍令部総長から発せられる命令、指示は大海令及び大海指の外には、軍令部機密号を以て発令せらるる戦時編制の改定だけであった。

戦時編制による指揮系統は、作戦の必要に応じ大海令又は大海指を以て臨時変更を加えらるることがあり、又連合艦隊その他の艦隊において、軍隊区分によって臨時変更を加えることもあったので、戦時編制は指揮系統の全貌を示すものではなかった。

作戦指導要綱又はこれに準ずるものを、軍令部から文書を以て作戦部隊に開示することがあったが、これは命令又は指示ではなく、既に発布された大海令、大海指の趣旨を説明するとか、又は将来に対する軍令部の腹案予定等を内示するもので、強制力を持ってはいなかった。この腹案予定等に実施の効力を発生せしむるには、新に大海令又は大海指の発布を必要とした。これを要するに、軍令部から大海令、大海指及び戦時編制の改定以外にこれらと矛盾し、又は内容を異にする事項を作戦部隊に対し、文書たると口頭たるとを問わず、その他如何なる方法によっても命令、指示、示唆等を発することは絶対になかった。

一一　戦時事変の際には大本営が設置せられる建前になっており、支那事変中からこれが設置せられていた。

大本営は大元帥を頭首とした最高の統帥部であり、陸海両軍の策応協同を図るのを主要の目的とし（大本営令）、陸軍部と海軍部とより成り、参謀総長及び軍令部総長が各々その幕僚長として帷幄の機務に参画した。

大本営海軍部の編制は海軍幕僚及び海軍諸機関に大別せられ、海軍幕僚は参謀部と副官部とから成り、海軍諸機関には綜合部、戦備部、戦力補給部、戦力練成部、通信部、戦備考査部等があった。

幕僚部は作戦に関する機務を掌り、その人的機構は軍令部のそれと全く同一のもので、両者は同一異名のものであった。従って大本営設置中は、用兵事項の処理に関する限り、軍令部の機能は休止の状態にあった。

海軍諸機関に属する各部は、幕僚部の立てた作戦計画に基き、戦争遂行に必要な事項をそれぞれ分担して審議案画するのを以て任とし、その職員は参謀部及び海軍省その他に本職ある者を以て兼補せられた。しかしてこれらの各部は実行機関ではなく、成案を実施するには、事務の所掌に従って固有の実行機関に移すことになっていた。要するに大本営海軍諸機関は軍令、軍政の緊密なる協力を図るための合議機関であった。

一一二　軍令部総長は軍令部令に示された通り、軍令部を統轄するためには軍政権を行使したが、その他の海軍各部に対しては全く軍政権を持っていなかった。国防用兵に関する事項といえども、軍政に関連を有するものは独自の権限では実行することが許されず、必ず海軍大臣に商議してその同意を得たる上、自己の名を以て布告するか、又は海軍大臣に移して実施することになっていた。この軍令、軍政両者の権限の分界を規定したものが海軍省・軍令部業務互渉規程で、この規程には海軍省、軍令部の両者にわたり、或《あるい》はそのいずれかに属するかにつき、疑点を生ずるが如き諸業務の担任区分及び処理手続を、詳細にわたって具体的に規定してあり、平戦時を問わず最も厳格に励行されていた。従って作戦に関連があるからといって、軍令部総長が独自の権限を以て軍政の領域を侵犯して、海軍各部に軍政事項を含む指示を発するが如きことは、法制上から許されることでなく、又実際にも絶対になかった。軍備に関する事項は殆ど全部軍令部総長の要望に基き、海軍大臣の権限において軍政事項として処理された（以下省略）。

海軍参謀と陸軍参謀

「海軍参謀」という言葉をエンサイクロペディア・ブリタニカで引いてみると、STAFF, NAVAL という項に次のように書いてある。

海軍参謀（Naval Staff）という言葉は、英国海軍では厳密な意義を持っているが、普通には一般会社と同じく、幹部首脳の補佐体を指す。

一九一〇年と一一年に、英国では内閣調査委員会が「海軍参謀部」の設置を勧告し、一九一二年一月八日に「ネイバル・ウォー・スタッフ」（大本営海軍参謀部）が出来、一九一六——一八年と第二次大戦後にかけて大改革が行なわれた。アメリカでは海軍作戦部長は統合参謀本部のメンバーである。

海軍参謀の典型といえば、たいてい天才的な秋山真之《さねゆき》提督を想い浮かべるであろう。図上演習の項で後述するように、彼は日本海海戦の立役者であった。「敵艦見ゆとの警報に接し、連合艦隊は直ちに出動之れを撃滅せんとす。本日天気晴朗なれども浪高し」のZ旗を旗艦「三笠」のマストに掲げたことは有名な話である。

第二次大戦中のアメリカ陸軍の運営について述べた故マーシャル元帥の報告をみると、米軍は陸、海、空三軍の統合運営を末期において、かなり熱心にやっていたことがわかる。

過去二年間に、三大部隊（陸・空・勤務部隊）および陸軍省の参謀は、戦争努力に対し広範囲にわたり貢献するところがあった。

空軍は著しい勢いで発達した。空軍が大膨脹《ぼうちょう》を遂げたために若い司令官や参謀がどしどし高い地位にすえられ、広範な経験によって円熟し、今や空軍に最も有効な軍事的指導力――老練なる知識と判断力を持って青年を強力に指導する――を与えた。理論的構想は巧みに行動に移され、修正され完成されていった。新構想は歓迎され、迅速に試みられた。若い操縦士や戦闘員は毎日、最小の犠牲で敵に最大の打撃を与えつつ危険かつ困難な任務を遂行した。人員、飛行機、技術、指揮において二百万人以上を擁する陸軍空軍は、米国の勝利に大きな貢献をした。攻勢戦術と戦略精密爆撃とにより、彼等は米国のこれらの勝利を最小限度の損失をもって獲得せしめたのであった。

陸軍地上部隊司令部は、驚くべき短期間に最大限の陸軍を編成し、同時に損害補充のため別に合同参謀長会議によってわが世界的作戦に作戦指令を与えることは、ぼう大な戦闘部隊の管理に劣らず複雑な問題であった。合同参謀長会議に直接隷属する各種の特別なグループまたは機関にいる将校が、参謀を助けて作戦計画の樹立や資材の適正配分につき絶大な努力と明確なる思考を払わなかったならば、今や当然の事と思っている我が大勝利は不可能であっただろう。

余は、陸軍省の参謀及び特別幹部が余に与えた援助、それは世界戦争に関する無数の問題に対する理解の深さと、その卓越せる処理は絶讃に価いする。余はここに公式にこれを認めんとするものである。これらの将校は、自分の仕事が認められることも願わず、野戦指揮官たるの好機をも犠牲にして、戦争努力に対し偉大・無私の貢献をしたのであった。然し戦争の長期化はこれらの将校を海外に転出せしめ、同時に歴戦将士を呼び戻して陸軍省に服務させることもできた（マーシャル元帥報告書『勝利の記録』昭和二十一年八月・マンニチ社出版部刊から）。

こういうところにアメリカ三軍の弾力的な運営がみられ、民主主義国家のあり方を感じさせられるのである。旧日本陸軍参謀本部の原型ともいえる偉大なプロシャの参謀総長モルトケと参謀本部について、第一次大戦後にドイツ再軍備の基礎づくりをしたフォン・ゼークト大将がこう書いている。（日本のモルトケは故川上操六大将である。）

「参謀総長としてのモルトケの意義、世界史的偉大にまで到り得た彼の人格の生成は、軍および国家における参謀部の地位と、同時にその最高首脳者のそれとを想起せずしては理解しがたいであろう」（岩波軍事文化叢書—昭和十八年『モルトケ』ゼークト著・斉藤栄治訳）

さらに同書からモルトケについての論述を引用してみると、

いかにしてモルトケが、その極めて局限され、軍においてさえなおほとんど承認も基礎も与えられていなかった一八五七年における参謀総長の地位から、ついにドイツ軍作戦の精神的指導者として自他共に許すまでに向上し得たか、その秘密を究めようと試みるならば、人はそれを、彼の最高指揮官に対する参謀総長の地位の認識ならびに彼の天賦と彼の性格とに求めなければならないであろう。彼は、多くの点で指揮官そのものは、軍隊に対しては参謀総長によって代理せらるべきものでないことを知り、指揮官の軍隊に対する地位と権威とが参謀総長によって減殺される如きは間違いであり、いな、由々しき問題であることをよく知っていた。この地位と権威とを維持し強化することは、事のためには必要である。けだし軍隊はその信頼をある特定の人に捧げることを望むものであって、彼が彼自身の能力や行為に照らして信頼に値いするかどうかを批判的に吟味する気もなければまた出来もしないのだ。こうした信頼を揺るがすことは、すなわち双者——指揮官と軍隊と——にとって、したがってまた事のためには不利である。このことは戦争そのものにも、また戦争の結果が現われる時代にも当てはまることである。

ナポレオンの作戦の時代は、まさに一の過渡時代であるために、この間の消息を語る極めて有益な実例を提供する。ナポレオンはみずから、勝利を得るためには彼自身が戦場に臨むことの必要を認めているが、しかし彼の軍隊の戦う戦場はやがて甚だしく拡大し、勝たなければならぬ到るところの戦場にみずから臨むことはとうてい不可能となったのであった。こうした現象と経験から、均斉的かつ同時に徹底的に教育された指揮官の幕僚の必要が生まれてきたのである。それは、最高指揮官がもはやみずからはたらく力を失ったときにも、参謀部に一の機関、それは彼の意図を解しその実現を助けることを彼が信じ得る底の一の機関を持つことができるためである。後年かかる参謀部から出た人々がますます増大する下級指揮官の地位に就いたが、これによって人はいわば確実にはたらく一つの器械を期待することができた。指揮官の一人がなんらかの理由で役立ち得なくなったときでさえ、彼は彼に配属せられた輔佐《ほさ》官や助言者たちを支柱とし、彼等によって最高指導部の精神による遂行を確実にすることができたからだ。こうした指揮全般の整然たる組織化という理想がほぼ達成されたとき、人は安んじて細目を規定する的確な命令から眼を転じて、その代わりに一般的な種類の指令、いわゆる戦略的訓令(Direktive) を置くことができた。

モルトケは下級指揮官独立説の最初の断乎たる主張者の一人であり、かかる原則によってなされたあらゆるおもしろからざる経験にもかかわらず、なおかつこの原則を固執した。しかし結局彼は正しかったというべきであろう。けだし、独立の下級指揮官が彼の精神において、また彼の意図を完全に理解して決定を行なった事例は、無理解や適切ならざる我意貫徹を示すそれよりも遥かに多くかつ有力であるだろうからだ。一方では服従と厳命と、他方では受領せる指令の意を帯して意識的に処置することとを区別する限界は決定しがたい。それは、あらゆる個々の場合にそれぞれ事情に応じ、しかもまた行動する人の如何によって大いに変わるであろう。命令には危険がある、すなわち、その遂行が最高司令部によって予測あるいは予見されない事情によって不可能となったり、また行動すべく悪求されている下級指揮官が、彼に与えられた命令の遂行不可能に直面して、その代わりに何をなすべきかを知らず、かくして最高指導部の意図せざる処置をとるはまだしも、甚だしきは無為におちいるおそれがある。戦略的訓令はまた危険をはらむ、すなわち、それを遂行する者がその意味を解せず、みずからそれにまさる能力識見ありと妄断して受領せる指令の代わりにそれを置こうとする危険があるのである。

　少数の天才たちによって力強く促進されたかかる有機的な、勤労と天賦とに基づく発展の実例はプロシャの参謀部である。啻《ただ》に軍事的な意味でばかりでなく、国家的に制約された、しかも普遍的に人間的な形成の模範としてである。そこからモルトケの如き人物が発展し、彼から更にまた参謀部が発展してゆくのである。

　されば彼の姿は、かかる参謀部したがってプロシャ・ドイツ軍の驚異的業績の特色及び発展の像を示すものである。歴史的な追憶としてではない、生きてなお働き稔《みの》りをもたらす模範としてだ。

参謀部はあらゆる学校と同じく中庸のための学校であって、天才たちのための特定の学校ではない。そうした学校は不可能であるかまたは不幸であろう。学校から要求されることは、ただ、天才にその発展のための手段と方法とを与え、彼の行手を阻まず、彼に邪路を指摘することに尽きるのである。学校本来の目的は、できるだけ高い平均度の成就、同時に教育及び教養の基礎の獲得にほかならず、これが各自の天賦と能力とに応じて更に建設と発展とを続け得しめるのである。こうした学校の特質は、それが決して働きを中絶することなく、有機的なる建設において常に新しい課題を提出することである。

参謀学校の特質は、理論と実際とを結びつけるということ、いな、理論ではなく実際こそそれにとってより大切な教材であるということである。ほかの学校のように、学生はある一定の目標に達したのちは人生の、また自由な発展の戦いにゆだねられるというのではない。参謀学校は学生を幾度も幾度もひっつかまえ、彼を他の地位に置き、彼に新しい課題を与え、そして実践によって得た経験から全体のための利益を引き出すのである。

平時といえども充分に空想を働かせるならば、軍事行為に及ぼす地理的状況の影響は研究せられ得るのである。だが何よりもまず平時においては、戦争の本来の素材たる人間を研究する機会が与えられるのである。ただし、人間がかかる前提のもとに立つ有様は、戦時中とはおのずから異なるところあるはいうまでもない。発展の全過程を大観するとき、われわれはこう確言することができる、やや長期の平和時代における一定の作戦理論の発展の仕方は、明快、堅固、しかしそれ故になお必ずしも正当ではないと。こうした理論が戦時においては当然その適用可能性に対する鋭い吟味によって揺り動かされるということは恐らく明白である。同様に、その結果、戦時に続いて動揺、摸索の時代、すなわち戦争経験から生まれ来るかに見える新理論を求める時代がやってきて、次第に距離が増し客観性が増大するにつれて、経験からほんとうに正しい結論が引き出されるに至るであろうことは明らかである。

かかる学校の教官は全く特殊な使命を与えられる。けだし彼はその全勤務時中、学生であり教官であり同時に模範でなければならないのだ。生涯をモルトケはこの三つの資格において送ったのである。

以上のように、陸軍はドイツ陸軍の参謀制度とその生い立ちを取入れていたので、陸軍参謀は派遣される場合によっては、その軍の指揮権の一部を行使する権力を持っていたが、海軍参謀は指揮官にアドバイスはできるが、決して指揮することは許されなかった。

もともと海軍は英国海軍に学び、その考え方を伝承しているために、参謀はあくまで補助者であり、指揮者ではないという考えで固められていた。スタッフがラインに干渉すべきではないのである。

たとえば、大本営参謀は天皇の裁可された命令を伝達するが、裁下された命令内で細部を指示すること——つまり説明はできるが、命令することはできないようになっていた。艦隊参謀も艦隊司令長官つまり指揮官の命令を伝達することはできるが、参謀長といえども命令を出すことはできなかったのが海軍の伝統であり習慣であったのである。

陸軍では陸軍大学校出が参謀であることが、大部であったが、海軍では海軍大学校出が多く参謀になったが、指揮官もやり、また海大出でなくとも、適任者は参謀になったものである。

ついでに海軍大学校が参謀官の養成機関で、戦略戦術や統帥学とかの高等用兵のことを大体大尉、少佐の時代に、難試験合格者に二年間教えるようになっていた。

大体クラスの二〇パーセントぐらいが選抜されていた。陸軍は中尉、大尉時代で海軍よりずっと若かったようである。

もちろん海軍大学校はたんなる参謀官の養成所であったわけではなく、高級指揮官となるのに必要な学術技能を修得さす目的のものであった。

日本陸軍では陸軍大学校を出ると、その人事は形式的には陸軍大臣が発令するが、実際は参謀官人事は参謀総長が握っていて、上級になって指揮官に配員されるまでは大分参謀官をやらされていて、厳然たる、一種のエリート・グループを形成しており、その潜在的威力は絶大なものがあった。

海軍では、海軍大学校は参謀官の身分の者を養成する目的よりも、むしろ将来の高級指揮官を養成することに重点が置かれ、海大出身（いわゆる天保銭——昔は胸に陸軍と同様に銀の天保銭のような海大卒業章をつけていたもので、馬鹿という意味ではない）の者が、陸軍のような特権をもっていたわけではなく、エリート・グループのようなものが形成されていたこともなかった。海軍では科学技術というものが、必然的に尊重されるので、技術系の各科将校もあって、尊重されていた者も多かったのと、上述のとおりの伝統というものもあり、また派閥を極端に避けるために、海軍大臣の人事掌握は厳重で、俗にいわれているように、艦隊派だとか、軍令部派だとか、海軍省系などという系閥は少なくも筆者は意識してはいなかった。

たとえば筆者のような比較的軍令部、艦隊などの参謀勤務が多かった者でも、海軍省人事局第一課の先任局員を二年半も勤め、海軍兵科の中、少佐の全部の人事を掌っていた点から見ても、別に軍令部派というような意識は全然なかったものである。

明治三十七年、旅順沖で日本海軍の沈設水雷（機雷）にかかった旗艦ペトロパウロフスクとともに黄海に沈んだロシア海軍太平洋艦隊司令長官マカーロフ中将は、世界的に有名な海軍戦略家であったが、その著『海軍戦術論』（明治三十二年・水交社刊）の中で、陸戦と海戦の相違を次のように述べている。

「任務と目的は海陸軍共に同一で、敵を敗り、これを我が意に服従させることであるが、これを達成するための手段が全然異なっているのである」と。

陸の鬼才・石原莞爾中将

陸軍の石原莞爾中将は、確かに鬼才であり、多分に日蓮的な性格を持った軍人である。海軍の秋山中将は晩年、当時の新興宗教に凝ったりして、両者相似たところもあるが、石原中将が日蓮に帰依する半面、西欧的なところがあり、ナポレオン、フリードリッヒ大王、クラウゼビッツ、モルトケなどの西欧兵学に造詣が深かったのにくらべて、かえって秋山中将の方が孫子、呉子、甲越、山鹿、村上流水軍などの東洋兵学に打ちこんだのはおもしろい取合わせである。

石原中将は、その著『世界最終戦論』の中で、卓抜な意見を述べているが、それは多分に未来予測的である。大東亜戦争の直前、昭和十五年九月に出版された問題の書の開巻一ページには次のように書かれている（昭和十五年五月二十九日、京都義方会での講演筆記）。

戦争は武力をも直接使用する国家の国策遂行の行為であります。いまアメリカはほとんど全艦隊をハワイに集中して日本を脅迫しております。どうも日本は米が足りない、物が足りないといって弱っているらしい。もう一脅《ひとおど》し脅せば日・支問題も日本側で折れるかも知れない。一つ脅迫してやれというのでハワイに大艦隊を集中しているのであります。つまりアメリカは彼らの対日政策を遂行するために海軍力を盛んに使っているのでありますが、間接的の使用でありますから未だ戦争ではありません。それでわかり切ったことでありますが、戦争の特徴は依然として武力戦にあるのです。

しかし、その武力の価値が、それ以外の戦争の手段に対して、どれだけの位置を占めるかということによって、戦争に二つの傾向が起きてくるのであります。武力の価値が他の手段に較《くら》べて高いほど戦争は男性的で力強く、太く、短くなるのであります。いいかえれば陽性の戦争、これを私ども決戦戦争と命名しております。

ところが、いろいろの事情によって武力の価値がそれ以外の手段、すなわち政治的手段に対して絶対的でなくなる、比較的価値が低くなるに従って戦争は細く、長く、女性的に、すなわち陰性の戦争になるのであります。これを持久戦争と言います。

今日のように陸海軍などが存在している間は、最後の決戦戦争にはならないのです。それ動員だ、輸送だなどと間ぬるいことでは駄目であります。軍艦のように太平洋をのろのろ十日も二十日もかかっては問題になりません。しかし今の空軍じゃとてもいけません。また仮に飛行機が発達して、いまドイツがロンドンを大空襲して空中戦で戦争の決をつけえたところで、恐らくドイツとロシアの間は困難であります。

ロシアと日本の間もまた困難、さらに太平洋をさしはさんだところの日本とアメリカの間を飛行機で決戦するのは未だ未だ仲々遠いのであります。

一番遠い太平洋をさしはさんで空軍による決戦の行なわれるときが、人類最後の一大決勝戦の時であります。すなわち無着陸で世界をぐるぐる回れるような飛行機が出来る時代であります。それから破壊の兵器もドイツがリエージュの要塞などで使ったあんなものじゃ、また問題になりません。もっと徹底的な一発あたると何万人ペチャンとやられるところの、私ども想像できないような大威力のものが出来ねばいけません。

飛行機は無着陸で世界をグルグル回る。しかも破壊兵器は最も新鋭なもの、たとえば今日戦争になると、次の朝、夜が明けてみると敵国の首府や主要都市は徹底的に破壊せられている。その代わり大阪も、東京も、北京も、上海も廃墟になっておりましょう。すべて吹き飛んでしまう。……そういうくらいの破壊力のものであろうと思います。戦争は短期間に終わる。それ精神総動員、総力戦、武力戦だけでは戦争は勝負がつかない。そんなことをいう持久戦では問題にならない。降るとみて笠取るスキもなくやっつけてしまうのであります。かくの如き決戦兵器を創造し、かくの如き惨状に堪えうる者が最後の優者であります。

今年（昭和十五年）すでにアメリカの旅客機は亜成層圏を飛ぶというのであります。成層圏の征服も最近に実現せらるることと信じます。科学のあらゆる進歩から、どんな恐ろしい新兵器が出ないとも言えません。

『世界最終戦論』は検閲で数ページの削除を受けているが、東亜連盟、昭和維新、日蓮聖人、正法千年などという言葉がいたるところに出て来なければ、当時のインテリが当然ついてゆける内容のものであった。

　山本五十六連合艦隊司令長官と、石原中将とがとうとうスレ違いに終わった間のいきさつは、阿川弘之氏の『山本五十六』に詳しく書いてあるが、とにかく石原さんは鬼才であった。

　陸軍には石原莞爾、辻政信のような性格の参謀が出る素地があったようだが、海軍はあくまでスタッフはスタッフで通していた。したがって秋山参謀みたいなタイプでも、やはり海軍参謀の域を脱することはできなかった。

　石原将軍について、特に筆者が敬服している点は、大東亜戦争開戦前に同将軍が戦争目的中に〝解放戦〟の思想をすでに唱《とな》えていたことで、こういう大きな思想を持っていた人物は、大川周明と石原莞爾二人ぐらいのものであったといわれていることからみて、大した人物であったと思われる。

図上演習の系譜

図上演習とは

近代的な図上演習あるいは兵棋演習の方法が軍に導入されたのは一八二四年代だと言われている。

プロイセンの近衛砲兵であったフォン・ライスビッツ（Von Reisswitz）中尉が発明し、その方法がプロイセンからアメリカに伝わり、南北戦争のころ一般化されたようである。普仏戦争のころは、もう「プロシャ式兵棋」は各国に普及しており、日本でも西南戦争ごろにはメッケルの著書が『兵棋教範』として翻訳されているのである。

海軍の図上演習方法は一八七八年に英国海軍のフィリップ・H・コロム大佐（Captain Philip H. Colomb）の考案になるという。

一八八七年にはウィリアム・マッカーティー・リトル退役海軍大尉（William McCarty Little）がアメリカの海軍大学校へ図上演習の教範を持ちこみ多大の貢献をした。

このリトルのレクチュアがアメリカ海軍における図上演習への認識を高め、また各国の海軍にも影響を与えている。そして後の米海軍大学校長アルフレッド・T・マハン（Alfred Thayer Mahan）大佐（後少将）に異常な努力が要請されることになるのだが、一八九二年ごろまでは、米海軍大学校では選択課目みたいなものだった。それにもめげずリトルは図上演習の研究、改良に打ちこんでいた。

一八九四年になってハリー・C・テイラー中佐（Harry C. Taylor）が校長のときに図演は正規科目になった。

リトルは一八八七年に大学校のスタッフとなり、一九一五年に死亡するまで勤めた。図演改良、計画の功績を認められて米議会はリトルを特別法で大佐に進級させている。リトル大佐は世界で最初の専門的な〝ウォー・ゲーマー〟と言えるかもしれない。

日本に米国流の図演や兵棋を持ちこんだのは日本海海戦の立役者秋山真之《さねゆき》大尉（明治三十一年当時、米国留学中）である。

『提督秋山真之』（昭和九年・秋山真之会）によると、留学中の秋山大尉は実によく海軍作戦の研鑽《けんさん》につとめ、書籍購入に費やすポケット・マネーも相当の額に上ったようである。

以下に、図演、兵棋に関する秋山大尉の私信を参考のために引用してみる。

（前略）当土の風習にも同化仕《つかまつ》り異様の片言も少しは相通ずる様相成《あいなり》、今日に至りては最早異境にある観念も毛頭無之《これなく》、是《これ》より修学の真境に進入せんとする処に御座《ござ》候《そうろう》。

如御存《ごぞんじのごとく》、此国（アメリカ）は社会の格式威儀等至極簡易にて、内外人の差別真に少く小生当華府（ワシントン）に入りてより未だ半年不足に候得共《そうらえども》、海軍部内に知人を得る事已《すで》に十数、大抵皆淡白懇切なる人士にして小生修学上の助力を惜まず、特に海軍文庫等にも屢々《しばしば》出入して有数の著書記録等を借読するの便宜をも得、小生目的上の便益不過之《これにすぎず》と存居《ぞんじおり》候。又大佐マハン、大佐グードリッチの如き当国有名の兵家にも容易に知近致すを得、屢々戦術講究上の助言相受け居り是亦《これまた》小生の至幸と致す所に御座候。

（後略）

小生当国海軍大学入校の件は、同校にて仮想敵国に対する作戦計画又は海岸防禦等の重要なる講究有之《これあり》、其成案は当国々防の正案と相成候為《た》め、規定として外国士官の入校真に六ケ敷《むつかしく》、已に独逸（ドイツ）、瑞典（スウェーデン）等の海軍将校も謝絶されたる先例有之、小生も今日迄《まで》諸方面より裏面運動を試申候得共《ためしもうしそうらえども》、到底許可を得る事不相叶《あいかなわず》候。然し又マハン大佐等の助言に依《よ》れば海軍戦術を研究せんと欲せば海軍大学校僅々《きんきん》数ケ月の過程にて事足るものにあらず、必ず能く古今海陸の戦史を渉猟《しょうりょう》して其成敗の因て起る所以を討究し、又欧米諸大家の名論卓説を読味して其要領を収容し以て自家独得の本領を養成するを要すと誠に適切なる助言にて、小生愚見の存する処も亦此処《ここ》に不外《ほかならず》候。更《さ》れば小生着米後語学の習練又は海軍大学準備等にも力を用ひ候得共、又半力は戦史戦書等の読破に相費居《あいついやしおり》候（明治三十一年一月十五日）。

当時の海軍大学校教官山屋大将（当時中佐）に宛てた書簡には、次のように、詳しく図上演習や兵棋について述べてあり興味深いものがある。

拝復、然《され》ハ小生事、去ル二月上旬以来実地研学ノ為、当国北大西洋艦隊旗艦ニ乗組ミ艦隊ト共ニ西印度諸島並《ならび》ニ南米沿岸等巡航致居《いたしお》リ、漸《ようや》ク昨五月二日当紐育（ニューヨーク）港ニ帰着致シ、此《ここ》ニ三月五日付ノ芳牘《ほうとく》拝受披見仕《つかまつり》候。扨《さて》御来書ニ依レバ此度《このたび》更ニ戦術講究ニ関スル御質疑ノ件々、不少《すくなからざる》様拝見候得共、小生モ目下新参幕僚付トシテ公私ノ要務彼是《かれこれ》多端ナルノミナラズ、自己ノ研学上寸時モ油断致難《いたしがた》キ時機ニ候得バ、御下問ニ対シ一々詳細ノ御返答モ致兼候間、唯《ただ》左ノ大略二三卑見ノ要領可申上《もうしあぐるべく》候。

来論学識経験アル吾《わが》海軍ノ諸先輩ヲ網羅シテ海軍大学講師トナシ、各自脱稿ノ成ルニ任セテ文筆若《もし》クハ口頭ヲ以テ戦術的知能ヲ後進ニ伝授スルコトハ至極御同意ニテ、小生モ従来ヨリ高等教育上此方法ノ必要ナルヲ相認居《あいみとめおり》候得共、未ダ之ヲ申出スノ境遇ニモ時機ニモ到達不致《いたさず》、唯《た》ダ当国海軍大学ニモ此教化法アルコトハ昨春中貴校坂本大佐迄報道致置《いたしおき》候。

是ト同時ニ申添度《もうしそえたき》ハ、吾陸軍大学ニ於ケルガ如ク海軍大学ノ戦術教官ハ凡テ参謀将校タラシメ、軍令部艦隊司令部並ニ大学戦術科三機関ノ間ニ、鞏固ナル教育的連絡ヲ保持シ、軍令部ハ常ニ研究材料ヲ大学ニ供給シ、大学ニ於ケル学理的研究ノ決案ハ之ヲ艦隊司令部ニ致シテ実地ニ施行試験シ、其実施上ノ良績好果ハ之ヲ軍令部ニ送リテ、吾海軍全般ノ戦則トナス様致シ度キモノニテ今日ノ如ク各自独立独歩ノ有様ニテハ如何程戦略戦術ヲ講究スルモ、吾海軍ヲ裨益スルコトハ少々ナラン乎ト愚信仕候。

当国海軍ニテハ仮想敵国ニ対スル作戦計画、海岸防禦、大小演習ノ計画、艦隊戦術艦隊運動程式、海軍信号法、海軍通信法等凡《すべ》テ海軍大学ノ研究決案ナラザルハナク、已ニ此北大西洋艦隊モ不日大学所在地「ニューポート」ニ赴キ、大小艦船五十余隻ヲ合同シテ、昨年交戦ノ為メ施行スル能《あた》ハザリシ大学ノ戦略戦術問題ヲ近海ニ於テ実地研究致ス予定ニ御座候。

海軍兵棋ノ件モ亦已ニ報送致居リ、小生ハ英国流新兵棋ヲ推薦致置タレバ最早御校ニ於テモ御採用相成タルコトナラント存居候処、御来書ノ模様ニテハ未ダ無之様被察《さっせられ》甚ダ遺憾ニ存候。実ニ此兵棋ハ坐上実学ノ最良タルモノニテ学生ノ機智、即才、決断力、観察力等ヲ練磨スルニ於テ戦術問題ト並立シテ必須ノ戦術科程カト思ハレ候。

また米国留学中に海軍当局へ寄せた次の海軍図上演習に関する秋山大尉の意見書は、当時非常に貴重視されたものである。

（前略）小生ハ更ニ一歩ヲ進メテ、此ノ演習ノ実施ニ就キ将来吾後進将校ニ冀望《きぼう》セントスル処アリ。他無シ、苟且《こうしょ》ニモ此ノ図上演習ヲ一時ノ棋戯ト為サズ、毎《つね》ニ慎重厳格自家軍職ノ名誉ヲ賭シ責任ヲ帯ビテ戦陣ニ臨ムノ覚悟ヲ以テ演習サレンコト是ナリ。若《も》シ無責任ニ演習サルル時ハ、之ニ依リテ研得サルル成果モ亦無責任ニシテ、従ツテ他日責任ヲ帯ビテ軍事ヲ処理セラルル時ノ資料トハナラザル可《べ》シ。

吾海軍ノ島村大佐ノ教訓中ニ、人ノ言フ所其責任ノ有無ニヨリテ価値ヲ異ニスルノ語アリ。是レ実ニ経験アル人ノ至言ニシテ吾々後進ノ常ニ服膺《ふくよう》セザル可カラザル処ナリ。加之《これにくわえ》、平素炯慧《けいえ》豪勇ト称セラルルノ士人ト雖《いえど》モ、一タビ自ラ其ノ任ニ当レバ忽《たちま》チ重任ノ顧慮ニ昏惑《こんわく》シテ明察果断スル能ハザルノ実例モ亦頗《すこぶ》ル多ク、「ナポレオン」「ネルソン」等ノ如キ英邁《えいまい》ナル資性ニ加フルニ其境遇ノ練磨ヲ以テシタル人ハ知ラズ、吾々常人ガ責任ノ有無ニ依リテ其ノ心気ヲ変動セシムルハ蓋《けだ》シ免ル能ハザルノ大弱点ナルガ如シ。然リト雖モ、尚常ニ責任ヲ帯ビタル覚悟ヲ以テ実戦的演習ヲ積ム時ハ啓発悟得ノ進ムニ従ヒ、次第ニ自信ノ念ヲ強固ニシ、自信確実ナルト共ニ心中自ラ頼ル処ヲ生ゼン。且ツ又責任ヲ以テ修練工夫シタル永時ノ成果ハ着実ナル慣性ヲ脳裏ニ形成シ、終《つい》ニハ始メ享有セザリシ第二ノ天性ヲ得ルニモ至ランカ。惟《おも》フニ吾人ノ達セント欲スル最頂点ハ、親《みずか》ラ碁盤ニ対スルモ又岡目ノ位置ニ在ルモ、寸毫《すんごう》八目ノ差ナク、虚心平気、機宜ニ従ヒテ万事ヲ即理シ得ルノ妙域ニ到ルニ在リ。尚ホ又後進将校啓発知得ノ増進サルルニ従ヒ、独リ独覚ヲ以テ自ラ居ラレズ、凡ソ吾海軍ノ戦法戦規其他用兵作戦ニ関スル百般ノ事物ニ就キテ、将来ノ作戦上不利不便ナル短所欠点ヲ発見サルル時ハ、自ラ進ンデ其ノ改良補正ヲ企図サレンコトヲ希望セザルヲ得ズ。

是レ戦時ニ戦フ義務アル軍人ノ平時ニ於ケル最要義務ニシテ、尚ホ真剣ノ雌雄ヲ決セントスル武士ガ古今ノ戦史ヲ按スルニ、一国ノ戦勝ハ宣戦後ニ得ラレタルモノニアラズシテ、平時、上下軍人ノ精励ナル素養ト惨澹《さんたん》タル経営トニ依リ、宣戦前迄ニ其ノ敵国ニ対シ有形無形諸作戦要素ノ優位ヲ占メ、戦ハザル前已ニ確実ナル勝算アラザルモノナシ。古哲曰ク「未発ノ中アレバ必ズ発シテ節ニ中《あた》ルノ和アリ」ト、軍国未発ノ中ハ唯平時ニ於ケル上下軍人ノ精励ナル素養ト違算ナキ経営ニアルノミ。

左《さ》ナキダニ社会ノ進歩ニ伴フ兵資戦具ノ進歩ハ、駸々《しんしん》乎トシテ底止スル所ナク、昨ノ利器ハ今ノ廃物ト化スル当世ニアリテハ、終始兵資ノ進歩発達ニ注意スルト同時ニ、之ヲ利用シテ作戦スルノ方術モ改良革新スルノ必要アリ。然ルニ世ニハ往々燐寸《マッチ》ノ潤沢ナルニ、故〔ママ〕ラニ燧石《ひうちいし》ヲ使用セントシ、或ハ火縄銃ノ操式ヲ以テ元込《もとごめ》銃ヲ操ラントスルガ如キ矛盾ノ例無キニシモアラズ。燧石モ燐寸モ火縄銃モ元込銃モ悉《ことごと》ク歴史的ニ共用法ヲ講習スルコトヲ得バ之ニ優レル能事ナシト雖モ、如何セン人間ノ一生ハ古人モ今人モ同一ニシテ先代以来発達シ来リタル新旧ノ事物ヲ短少ナル練習時間ニ習得セントセバ恐ラクハ遂ニ時間ノ不足ヲ感ズルニ至ラン。

左《さ》レバ過去ハ過去トシ、現在ハ現在ノ標準ヲ基礎トシ、尚ホ将来ノ発達ニ留意シテ技術ヲ研究スルニアラザレバ海軍ノ諸戦術ハ終始兵資ノ進歩ニ伴フコト能ハザルナリ。（後略）

図上演習の系譜を米国の海軍大学校の場合からみてみると、次のように分けてある。

第一期（一八八七年――一八九三年）
第二期（一八九四年――一九二一年）
第三期（一九二二年――一九五一年）
第四期（一九五二年――一九五七年）
第五期（一九五八年――現在）

一九二一年ごろまでの図演は、作戦計画や原理の改良、工夫のための分析的手段として使われたことに特徴があり、第三期にはいると細則をこしらえて損害の査定、見積りに力点が置かれてきた。

第四期になると、自由で早いゲームのテクニックが取入れられ、レベルを上げていった。第五期になると、いよいよテクニックの近代化が促進され、ＮＥＷＳ（海軍電子戦争シュミレーター　Navy Electronic Warfare Simulator）の使用により、実戦さながらの図演が立体的に行なわれるようになり、また「戦争ゲーム部」が設立された。まさに図演は実戦のシュミレーターと化し、戦争の未来予測部門で大きな役割を果たすことになった。

私は一九六〇年の十月にチェスター・Ｗ・ニミッツ海軍大将が、海軍大学校で講義したときの言葉を思い出す。

ニミッツ大将はこう言った。

「第二次大戦中、この海軍大学校の図演室では日本海軍を相手に幾多の人々が、幾多の方法で図上演習を行なってきたが、別段格別のことは起こらなかった。しかしカミカゼだけは夢想だにもしない出来事だった」と。

「ズボンをはかなくても原爆をつくる国」のことをアメリカは〝夢想だにもしなかった〟とは考えられないが、まだまだ世の中には不確定要素がたくさんあることを忘れてはなるまい。

ハワイ奇襲作戦図上演習

ハワイ奇襲作戦図上演習については、防衛庁戦史室編の『ハワイ作戦』に詳しいので、その経過を引用させてもらう。

連合艦隊は昭和十六年九月十一日から二十日までの一〇日間、海軍大学校において図上演習を行ない作戦計画案を検討した。この際ハワイ奇襲作戦は一般図上演習とは別に、〝ハワイ作戦特別図上演習〟として関係者だけで極秘裡に研究された。

本図上演習の実施日程は次のとおりである。

十一日（木）｝
十二日（金）｝〇九〇〇～一三〇〇　図上演習打ち合わせ
十六日（火）　〇八〇〇～一七〇〇　一般図上演習

十六日（火）　ハワイ作戦特別図上演習（別室）
十七日（水）　〇八〇〇～午後、ハワイ作戦特別図上演習終了、青軍打ち合わせ（各艦隊長官管下状況奏上、御陪食）
十八日（木）　各部隊図上演習研究会
十九日（金）　一〇三〇から青軍図上演習研究会
一二三〇連合艦隊司令長官の図上演習関係者招待（水交社）
一三四五から各種打ち合わせ
二十日（土）　〇九〇〇～一七三〇研究会
一般図上演習は、山本長官統裁のもとに西太平洋管制作戦（南方、南洋、先遣部隊等）として実施された。

この図上演習では、基地航空部隊がジャワの線に進出を終わるまでの作戦消耗は零戦一六〇パーセント、陸攻四〇パーセントの多きに達し、到底補充の見込みはなく南方作戦における航空兵力の不足が如実に示された。この対策として連合艦隊司令部の主張は南方作戦中およびその後邀撃作戦準備が完成するまでの長期間、米主力艦隊の来攻を阻止する作戦を行なう必要があるというもので、その他の参会者の大部の者は南方作戦を順調に進めるため航空母艦全部を南方作戦に投入すべきであるというにあった。

ハワイ作戦特別図上演習は、第一航空艦隊司令部の手で八月二十八日に作戦計画の原案が概成され、その後更に検討を重ねていた計画案に基づいて実施された。この図上演習には連合艦隊、第一航空艦隊の各司令長官、参謀長、首席参謀、航空参謀が参加し、軍令部の第一部長、第一課長と同部員が見学した。この太平洋戦争前夜の軍令部と連合艦隊との図上演習の状況について、アメリカ人であるドクター、プランゲ氏が非常に劇的に、しかも正確に再現しているので、リーダーズ・ダイジェスト社のご好意でそのまま引用させてもらうことにする。

　第一航空艦隊からはその主要幹部将校が参加していたが、長官の南雲中将はまだ悪い予感のとりことなっていて、作戦が実施されることは決してないだろうと半ば信じていた。参謀長の草鹿少将もまだこの計画に反対であった。もちろん、源田も参加していた。彼の心は打ちふられる細く鋭い剣のように、いかなる疑問をものがさず鋭く急所を突き、すべてのことを探求しつくそうとしていた。そのほかに、第二航空戦隊司令官山口多聞少将、第三戦隊（戦艦部隊）司令官三川軍一中将、第一水雷戦隊司令官大森仙太郎少将などが参加していた。潜水艦部隊である第六艦隊からは、その長官清水光美《みつみ》中将が参謀長の三戸《みと》寿《ひさし》大佐や先任参謀松村翠《みどり》中佐らを連れて加わっていた。

　軍令部からは第一部長（作戦）福留繁少将と第一課長（作戦）富岡定俊大佐が来ていた。福留は、以前、山本の参謀長として山本の真珠湾攻撃計画を聞いた最初の一人であったが、どちらかと言えば保守的であり、山本の計画には懐疑的であった。富岡は第一級の士官であり、上品で知的で、片寄った見方をしない人物だったが、理論よりもむしろ証拠を求めるという性格であった。軍令部総長永野修身大将が見えないことがいぶかしがられたが、彼は招かれたけれども、来なかったのであった。

ハワイ攻撃に含まれる数多くの問題のうち、二つの問題だけが九月の図上演習では詳細にわたって検討された。その一つは、作戦が技術的に実現可能であるかどうかということであり、その二は、機動部隊の作戦準備およびその航海を攻撃が実施されるまで秘密にしておくことができるかどうかという点であった。もちろん、図上演習ではこれらの問題の解決策を見いだすことはできず、あげ足とり以上には進まなかった。それは実際にやってみなければわからないことであり、図上演習の研究でできる限度は、人間の知識、判断、経験の最善をつくして、確率をできるかぎり正確に評価するというところまでであった。

図上演習は海軍大学校の四階にあるいくつかのコマに区切られた中央の大ホールで行なわれた。各コマではマレー、フィリピン、オランダ領インド作戦（蘭印）に従事する各部隊がそれぞれの作戦を研究していた。ここでは秘密保持に関する特別の措置はとられていなかった。

特別室に参集した三十人あまりの士官たちは、興奮と期待にぴんと緊張して、書類や北・中部太平洋およびハワイ諸島の大きな海図などで散らかった部屋中央の長いテーブルのまわりに集まっていた。山本の悲願であるハワイ攻撃作戦の図上演習が始まろうとしていたのであった。テーブルの中央に位置した山本は、その短軀《たんく》に精悍《せいかん》の気をみなぎらせていた。

中央大ホールから東側の階に、山本長官と連合艦隊司令部の部屋、それに入室を厳重に制限した〝特別室〟があった。この特別室こそ、第一航空艦隊の真珠湾攻撃図上演習が行なわれている部屋であった。その部屋への入室は、山本長官自身によって選考された三十人あまりの艦隊職員と、軍令部から来ていた数人のオブザーバーに制限されていた。特別室にはいった人たちの多くは、山本のハワイ作戦は無鉄砲きわまりないものであり、戦争を一日にして敗戦に導くことにもなりかねないもので、とうてい認めることのできない危険な暴挙だと考え、その計画に全然賛成しようとしていなかった。

アメリカ海軍も図上演習はもちろんやっていたわけであるが、その成果は米艦隊司令長官兼作戦部長のアーネスト・ジェー・キング元帥が一九四五年三月にフォレスタル海軍長官に報告したいわゆる「キング・レポート」に詳しくのせられている。キング・レポートは、いわば米海軍太平洋作戦の総決算でもあるわけだ。

以下、同レポートから米海軍太平洋作戦の特徴についてみてみよう。これには前述した陸、海軍との協同動作の必要性と限界に対する多くの教訓が含まれている。

太平洋作戦は、小さな環礁をつぎつぎと攻略して行くに当たって、その戦闘は全くといってよいくらい艦砲の射程内で戦われた。いわば、一環礁を攻略する作戦全部が、その性質上水陸両用作戦であり、それは、それぞれ作戦現地の当時の情況における特殊の事情を満足させるごとく、考慮されていた（海のハルゼーと陸のマッカーサーとの関係をさす）。余はこの事実を強調したい。何となれば戦場における指揮権を定めるに当たって、不変の規則のごときものは存在しないことを、了解することは重要であるからである。また、次期戦争の性質を精確に予見するがごときこともできるものではない。第一次及び第二次世界大戦が示すごとく、ある戦争において採用された諸方法も、次期戦争においては根本的変更を必要とする。第一次大戦以後本戦争開始に至るまで、わが陸海軍省は幸いにも共同して仕事を実施し、将来起こり得べき事態を正しく判断してきた。そして、われわれは戦場における陸海軍の関係に関し、融通性に乏しいものではなく、実際戦場において適する原則を設定したので、ために戦争中遭遇した千変万化の諸条件に応じ充分な柔軟性のあることを立証した。

　われわれは今や、緊要な戦訓を得た。地上、海上及び航空諸部隊の最も能率的な関係につき、いかなることが学ばれたにもせよ、最も決定的にして重要な戦訓は、ワシントンにおける三者の指揮統一を企図することは、概念上からいっても無謀の挙であり、かつまた実現不可能なことであって、このことは余の衷心確信するところである。（『キング元帥報告書――米国海軍作戦の全貌』山賀守治訳・昭和二十二年四月・国際特信社刊から）

軍令承行令と海戦要務令

軍令承行令

軍令承行令といっても、一般読者にはなんのことかおわかりにならないと思うし、海軍部内でずいぶんやかましい問題であった割には、それほど中級、下級軍人には実用性はなかった。

海軍は軍隊であるからもちろん階級制度であり、したがって各級の指揮と被指揮の関係を生ずる。たとえば戦闘中艦長が戦死したとすると、すぐだれかが指揮を承《う》け継がなければならない。命令を出す人がいないと、艦はぐるぐる回って、どうにもならなくなる。その時の、部隊（艦）を指揮する権限をあらかじめ決めておくのが、軍令承行令であって、「部隊（軍隊）の指揮権を承け継ぐ順位」ということになる。もちろん敵前で生き残った者が会議を開いて艦長を決めるなどということはできないし、上級の決定を求める暇もないので、海軍大臣が平時に決めて公示した順位で指揮を承け継ぐようになっている。

軍隊を指揮する権限は、明治憲法に定められていた統帥権ということで、大もとは天皇が持っておられ、これが順次に下位に分掌されてゆくのが軍令指揮権である。軍人勅諭に示された「上官の命を承ること朕が命を承るものと心得よ」とあるのが、つまりは軍令承行令なのである。

であるから、正確に言うと、一つの部隊以外の上級者の命令などというものは、天皇の命令ではないわけで、ここがむずかしい問題となってくるのである。

軍隊には先任、後任という字がたびたび使われるが、先任者が指揮権が上位ということを意味する。たとえば海軍兵学校を同日に卒業しても、任官順位（官報に示される）が一つ上ならその人が先任で、貴様、俺の間柄でも、後任者が先任者を指揮することはあり得ないようになっている。たとえば筆者はあまり出来のよい方でなかったので、海軍少尉になる時は、クラスの者八十八名中第十七位で、三十年たって、海軍がいよいよなくなった時でも、クラスで七番目であったから、頭の上がらない先任者が同期ですら六人もいたということになる。筆者なぞはいわゆる兵科将校で、まだよい方であるが、これが機関科将校となると、同期の兵科将校の下につくことになるので、くやしかったに違いない。これがいわゆる「機関科問題」といって、海軍部内の癌《がん》のようなものであった。

昔は兵科第一主義だった。極端な例をあげれば、機関科士官は少監、中監、大監などと呼ばれ、甲板上のことは、いかに先任といえども指揮できなかった。それが改まったといっても依然として、兵科第一主義は消えず、軍令承行令は終戦まで生きていた。〝自縄自縛〟を画に書いたようなのが、海軍の軍令承行令だった。

とにかく山本連合艦隊司令長官が戦死されたときから、この弊害が事実となって現われてきた。このため、艦隊編成まで変わってしまい、序列をととのえるために、いままでは下にいたのが〝協同作戦〟に昇格したり、とにかく実のない形だけの作戦が行なわれるようになった。

そこへゆくとアメリカは早くこれに気がついて、艦隊司令長官が作戦部長を兼任したりして、弾力性のある作戦が遂行できるようにした。

この間の経緯《いきさつ》については淵田美津雄、奥宮正武共著の『ミッドウェー』『機動部隊』に詳しく出ている。同書の一部を次に抜粋させていただく。

昭和十七年三月、外電情報は、アメリカ海軍作戦部長スターク大将がヨーロッパに於ける合衆国海軍部隊の司令長官に転じ、そのあと合衆国艦隊司令長官キング大将が海軍作戦部長を兼ねたことを伝えた。

合衆国艦隊司令長官兼海軍作戦部長――これはわが国でいえば、連合艦隊司令長官兼軍令部総長ということになる。当時、日本の軍令部――大本営海軍部――と連合艦隊司令部とを、同じ平面に並べて眺めていたわれわれは、やっぱりアメリカにおいても、円滑な作戦実施のため、この間になやみがあり、調節を必要としていたものと思った。そしていち早く、両者の任務を兼ねしめることによって、作戦指導を単一簡明にして、近代戦への組織を確立した米海軍の賢明さに敬服したのであった。

いずれとも遜色を付しがたい幕僚陣を擁して、広島湾に盤踞し、ややもすれば東京の大本営をひきずり回す連合艦隊司令部――なやみのタネはここにあるのであるが、このなやみは、深く掘下げて思索する必要があった。連合艦隊司令部が、何故内地に所在することを必要とするかの根本問題である。軍令部を押えるためではもとよりない。むしろ円滑な作戦実施のためには、より一層緊密に連絡することこそが望ましいのであり、もっとつき詰めれば、軍令部と連合艦隊司令部は同一場所に所在するのが一番よいことになる。何も、東京と広島湾とに離れていて、直通電話で、「もしもし」とやらなくても、連合艦隊司令部が、東京に上ってくれば、日夜随時に顔を合わせられるのである。そして、軍令部総長は大本営幕僚長であり、連合艦隊司令長官は外戦部隊の最高指揮官である。同じく最高作戦指導をやるにしても、それぞれに作戦指導の分野が違っている。一緒にいたとて、船頭多くして船山に登るような心配はない、得るところの方こそ莫大《ばくだい》であろう。

しかし失うところのものは何であろうか。それは連合艦隊司令長官陣頭指揮の問題である。これをみんな心配したのである。しかし作戦の様相は一変している。作戦の主兵は航空兵力となってきた。しかも重点は戦艦を主とする海上兵力から、次第に陸上基地航空兵力へと移りつつある。従来海軍の担任して来た任務は、そのままそっくり空軍の性格へと発展しつつある。われわれ飛行機乗りはいつもそう思っていたが、海軍省の看板は裏返して、空軍省と書き改むべき時世なのである。旗艦の艦橋にあって、東郷大将が日本海海戦で演じたような取舵反転の一大英断を下すことが、連合艦隊司令長官陣頭指揮の伝統と思うのは時代錯誤である。今や連合艦隊司令長官の作戦指揮は、そんな双眼鏡で眺められるような視野であってはならない。彼の全般指揮の視野は、今や日本を中心とする地球の半球に及んでいる。

この現実に当面しながら、当時わが連合艦隊司令部は陸上に移ることもせず、依然として戦艦大和に座乗して、敵主力との距離が四万五千メートルにまでなったとき、〝戦闘序列に占位せよ〟なんどと号令する、大和陣頭の艦隊決戦の夢を追うていた。そこにジレンマがある。救うことのできないなやみの因《もと》があった。

この連合艦隊司令長官陣頭指揮の観念は、その後いつまでもつづいた。そしてミッドウェー海戦を経験した後も、通信連絡を理由として相変わらず山本長官は大和に座乗してトラックに出ばり、南東方面の作戦を督励していたが、いよいよ航空作戦は消耗戦の相貌を呈し、敗色濃厚と見てとるや、昭和十八年四月、頽勢《たいせい》を盛り返そうとして、山本長官はラバウルの陸上に移り、自分の直接指揮下に航空決戦を指導中、戦場の露と消えたのであった。

山本長官に代わって、古賀峯一大将が連合艦隊司令長官を襲《つ》いだが、やはり、戦艦武蔵を旗艦とし、トラックを追われた後は、パラオに移っていた。昭和十九年三月、パラオが敵機動部隊の空襲に曝《さら》されるに及んで、武蔵を退避させたあと、連合艦隊司令部はパラオの陸上に移った。しかし脆弱《ぜいじゃく》なパラオの戦闘司令所では、空襲のために、すぐ指揮不能となったので、こんどはダバオに戦闘司令所を移そうとして、飛行艇で夜間移動中、行方不明となってしまった。こうなると外戦部隊最高指揮官の作戦指揮は、支離滅裂である。

古賀大将の行方不明が報じられていたが、その死が認定されていなかったので、後任の連合艦隊司令長官は未だ発令されていなかった。しかし、古賀大将の指揮中絶するや、軍令承行令に従って、連合艦隊の次席指揮官であった南西方面艦隊司令長官高須四郎中将が直ちにその作戦指揮を継承していた。

高須中将の司令部はスラバヤにあった。古賀大将の行方不明が突然のことであったのと、いままで高須中将の作戦担当区域が主として旧蘭印、マレー方面で、従来の作戦がインド洋方面に限られていた関係もあって、西の方のことには明るいが、東の方はあまり見えていなかった。それが急に連合艦隊の全般作戦を指揮することになったので、高須中将も、またその幕僚も、着々と攻勢をつづけて来る米軍に対し、いかに対処してよいか、とまどった。

しかし、スラバヤから眺める眼には、足先のニューギニアが大きく見える。かねてから不安を抱いていたのは西部ニューギニアであった。そこへ敵はホーランジア上陸ときたのだから、急にマッカーサー・ラインばかり大きく映って、ニミッツ・ラインのマリアナ方面がかすれてしまった。

こうして高須中将は、麾下の第二十三航空戦隊――当時蘭印方面にあった――を角田中将の指揮下に入れるとともに、角田中将に対し、角田部隊を転用して西部ニューギニア方面に対する敵の反攻を阻止するため、航空作戦を強化するよう発令した。

命によって角田中将はマリアナ、カロリン方面配備部隊を逐次西部ニューギニアに移動せしめ、第二十三航空戦隊をあわせ指揮して、ニューギニア方面の航空作戦を活発に展開したが、この方面の基地整備不良にたたられ、移動途上にパラオ基地における爆弾庫の爆発事故があったり、加うるに搭乗員の過半数に及ぶマラリア患者続出のために移動した約四百八十機の半数が破壊消耗し、失うところのみ多くして成果はほとんどあげることができなかった。しかもこの禍因が尾を引いて、敵のマリアナ進攻に当たって、移動兵力を急いで北に呼び戻したのだけれども、ついに決戦に寄与するところはなかった。

軍令承行令は昭和十九年に改定されたが、参考資料として、以下にその全文をのせてみる（原文はカタカナ）。

軍令承行令（昭和十七年十月二十七日内令第千九百八十七号）

第一条　軍令は将校官階の上下任官の先後に依り、順次之を承行す。ただし召集中の予備役将校は同官階の現役将校に次いで之を承行するものとす。

第二条　将校在らざるときは特務士官（兵）、准士官（兵）、下士官（兵）及び召集中の予備将校（兵）をして軍令を承行せしむることを得。その順位は前条の規定に準ず。ただし任官同時なるときは、現役特務士官（兵）は召集中の予備将校（兵）に次いで之を承行せしむるものとし、召集中の予備役特務士官（兵）は同官階の召集中の予備将校（兵）及び現役特務士官（兵）に次いで之を承行せしむるものとす。

第三条　他の法令に規定あるもの、または特別の命令あるものは本令を適用するの限りにあらず。

第四条　本令中（兵）とあるは昭和十七年十月三十一日以前の規定において、兵科及び飛行科の特務士官、准士官及び下士官または兵科予備将校に該当するものをいう。

　軍令承行令の特例に関する件（昭和十九年八月十八日、内令第九九一号）

改正　昭和十九年第一二四六号

軍令承行令の特例に関する件左の通り改定せらる。

第一条　当分の内、軍艦、駆逐艦及び潜水艦における軍令の承行に関しては、軍令承行令第一条の規定にかかわらず左の各号に依る。

一、将校（兵）官階の上下任官の先後に依り、順次に軍令を承行す。ただし召集中の予備役将校（兵）の軍令承行順位は、軍令承行令第一条の規定に準ず。
二、将校（兵）在らざるときは将校（機）軍令を承行す。その順位は前号の規定に準ず。
第二条　大東亜戦争中軍令を承行し得べき海軍各部の長必要ありと認むる場合は、左の各号に付き、軍令承行令第一条及び第二条の規定にかかわらず部下の将校、予備将校（兵）、特務士官（兵）、准士官（兵）、予備准士官（兵）及び下士官（兵）を通じ、官階の上下に依り順次に軍令を承行せしむることを得。ただし同官階に在りては軍令承行令第一条及び第二条の規定に準ず。
一、海防艦、輸送艦、水雷艇、掃海艇、駆潜艇、敷設艇、哨戒艇、特務艇、特設砲艦、特設輸送艦、特設特務艇
二、特設砲艦隊、特設駆潜隊、特設掃海隊、特設哨戒艇隊、特設監視艇隊、特設魚雷艇隊、特設砲艇隊
三、直接護衛中の護衛艦艇を以て編組する隊、護衛のため編組する船団、護衛艦艇及び船団を以て編組する隊
四、陸戦隊編制中の大隊以下及び警備隊、特別根拠地隊等の陸上警備科編制中の独立部隊ならびに防空隊、潜水艦基地隊及び航空基地隊

第三条　大東亜戦争中軍令を承行し得べき海軍各部の長必要ありと認むる場合は、左の各号に付軍令承行令第一条及び第二条の規定にかかわらず、部下の将校、予備将校（兵）及び下士官（兵）を通じ、官階の上下任官の先後に依り、順次に軍令を承行せしむることを得。ただし任官同時なるときは軍令承行令第一条、及び第二条の規定に準ず。

一、特設飛行隊

二、飛行機隊

海戦要務令

海軍は、陸軍の作戦要務令などを参考にして「海戦要務令」をこしらえたが、陸軍の普及的なのにくらべて、巻末（二三六ページ）に見るように、はなはだ抽象的なものだった。航空作戦の比重がだんだん多くなってきたので、海戦要務令の中にも、それを盛りこもうとしたが、ついに終戦までものにならなかった。

海軍では術科の学習に追われていたから、海戦要務令も艦長一人の供覧に終わってしまったようである。

軍人勅諭も兵には五ヵ条のみを教えて、陸軍のように万葉仮名まで書かせるようなことはほとんどなかった。陸には陸で必要があったからだろうが、度をすぎると、かえってマイナスになるものである。

「大淀」艦長からラバウル時代へ

ラバウルへ

私が何よりもうれしかったのは昭和十八年一月二十日、大本営海軍参謀を免ぜられて、巡洋艦「大淀」の艦長に補せられたときである。当時、私は参謀本部部員、大本営陸軍参謀も兼任していた。

「大淀」は新造の一万トン特殊巡洋艦であったが第三艦隊（機動艦隊）に編入、九月二日退任するまで、私は「大淀」の艦橋で心ゆくままに潮風を浴びたのであった。

「大淀」は潜水戦隊の旗艦用として設計され、巡丙と略称された。当初は五、〇〇〇トン、主砲なく高角砲のみという案であったが、「最上」型より陸揚した一五・五センチ砲を利用して駆逐艦を撃退し得る兵装とすることとなり、結局二砲塔（六門）となった。高角砲は新式の長砲身一〇センチ連装砲四基（八門）である。潜水戦隊の旗艦として特に要求された事項は次のとおりである。

(イ) 航続距離　一八ノット―一〇、〇〇〇カイリ。
(ロ) 特殊水偵　六機（連続射出を迅速にすること）。
(ハ) 無線通信能力を強力にすること。

本艦の設計を支配したのは特殊水偵の搭載であった。即ち一四試高速水偵と呼ばれた強行偵察用の高速機で、敵より離脱する場合には浮舟を投棄できるもので、大航続力を有し、自重約六トンと予想された。この飛行機六機を連続射出可能とし、しかも、射出機は長さ四五メートルという大型であるので、主砲は二砲塔共前部に集め、後甲板を広くし、大型射出機一基を設けて水偵は一機を射出機上に、他の五機はその前方に巨大な格納庫を設けてこの中に格納し、連続射出に当たっては油圧式昇降機によって二番機以後を射出機上に送るようにした。

魚雷兵装は全廃し、船体主要部は一五・五センチ砲弾に対する防禦力を有する。軸馬力一一万、速力三五ノット、しかして排水量は基準状態で八、一六四トン、公試状態では九、九八〇トン、即ち、ほぼ一万トンであった。本艦は呉工廠で昭和十八年二月末に完成し、諸公試の結果、きわめて性能が良好であった。

然るに搭載する特殊水偵（昭和十八年採用されて紫雲と命名）はわずか十機程製造されたのみで製造中止となりついに搭載機がなくなったので、本艦はその本来の任務を一変されることとなった。

大淀は艦隊司令部の施設があり、通信兵装も完備しておるので本艦を連合艦隊の旗艦とするに決し、横須賀で改造されて昭和十九年初頭完成した。この際射出機は長さ二五メートルの普通型に換装し、不要となった厖大《ぼうだい》な格納庫内に甲板を設けて艦隊司令部の作戦及び居住関係の室に供した（福井静夫著『日本の軍艦』昭和三十一年八月・出版協同社刊から）。

海軍に職を奉じて三十年（海軍兵学校生徒を拝命したのが大正三年九月十日）私は「大淀」の艦長になれたことに無上の喜びを味わったのである。赫々《かくかく》たる戦果はなかったが、その後「大淀」は連合艦隊最後の旗艦となった。

海軍士官というものは、各級の指揮官になりたくって海軍にはいった者が大部であり、参謀飾緒《しょくしょ》をヒケラカシて虎《とら》の威を借りる参謀なぞというものになりたくて海軍にはいったものではない、というのが筆者の持論である。だから、戦争中に第一線の艦長に補せられたのが、筆者にとってほんとうのよろこびであり、誇りでもあったのである。一般の人からみると、大本営参謀から一艦長に転補されるということは「格下げ」に感ずるかもしれないが、本人からすると、気風の違った陸軍を相手にしたり、なけなしの戦力で十倍二十倍の敵に対抗する策をたてなければならない立場なぞというものが、男子一生の本懐なぞでないことは明らかであろう。

ついでに書き添えると、日本海軍は昔から幾多の総理大臣を政界に送っているが、一般の少壮海軍士官からみると、海軍士官の中でどんなに傑出した人物でも、政治家になるということに、特別の尊敬を払わなかったと思うのである。艦長論がとんだところまで飛火して恐縮であるが、生《は》え抜きの海軍士官というものの信条の一端を申述べたわけである。

私は南東方面艦隊参謀長として昭和十八年九月から十九年十一月までラバウルにいた。当時の戦局とラバウルの情勢はどんなものかというと、十八年九月はイタリアが無条件降伏したときで、内地では軍需省が創設され、戦局としては中南部太平洋の動きが重大になってきた。そして大本営では「中南部太平洋方面作戦陸海軍中央協定」の中に特に「南東方面作戦陸海軍中央協定」という細部協定を入れ、「ラバウル付近を中核とするビスマルク諸島およびブーゲンビル島方面の防備を強化し、極力長くこれを保持する」ということで、ラバウル周辺で米豪軍の対日反攻を食止める戦略的任務を持っていた。

つまり敵の南東方面からする巻上げ——一つは北方中部太平洋へ、一つはニューギニアからフィリピンに向かう反攻路——を阻止することは、ラバウルを抜きにしては考えられないことだった。十月にはいるとラバウルの爆撃が始まり、そして十一月にはブーゲンビル島沖航空戦が五回も続き、マキン、タラワの玉砕となった。年が明けると、二月にはクェゼリン、ルウォットの玉砕、トラック島への大空襲（昭和十九年二月十七日）があり、ラバウルの基地航空兵力もついに撤退しなければならないハメになった。

ここで十八年九月の時点に戻ると、九月三十日に「戦争指導大綱」の御前会議決定があって「中、南部太平洋においては、南東方面現占領要域において来攻する敵を撃破しつつ極力持久を策す」ということになり、要するに、今まで確保してきた東部ニューギニア、北部ソロモン群島、マーシャル群島ラインが浮いてしまい、ラバウル中心の南東方面が孤立化するので〝絶対国防圏〟を大幅に切りつめてカロリン、マリアナへ後退させようということとなったのである。

またとんでもないときにラバウルへ行ったもので、私はいつもそういう運命にあるらしい。栄光をうたわれたラバウル航空隊も陸軍も、みんな穴の中へ入れなくてはどうにもならなくなり、陸軍六万、海軍四万が、すっぽり創意工夫のかたまりみたいな大地下要塞《ようさい》へ隠れてしまい、今度は敵さんが銀翼つらねて毎日爆撃にやってくる番だった。

私は山本連合艦隊司令長官の戦死（十八年四月十八日）を内地で聞いたが、ラバウルにあって、故長官の面影をしのんだものである。当時のラバウルは陸軍が第八方面軍司令官今村均大将、海軍が草鹿任一中将で、陸、海仲良く穴の中で創意工夫をこらして、いつでも敵の来るのを待っていたものだ。病人が二〇パーセントで、ほとんどマラリヤだったが、内地との交通があるうちに、精鋭だけ残して、みんな安全な内地へ帰してしまった。「さらばラバウル」の歌が一番この間の様子を伝えていると思う。

ラバウル小唄　若杉雄三郎　作詞

一、さらばラバウルよ　また来るまでは
　しばし別れの　涙がにじむ
　恋しなつかし　あの島見れば
　椰子《やし》の葉かげに　十字星

二、波のしぶきで　眠れぬ夜は
　語りあかそよ　デッキの上で
　星がまたたく　あの星見れば
　くわえタバコも　ほろにがい

そこでは司令長官自身も兵と一緒に農耕のクワを握り、私も南京豆の畑を一枚持っていた。なにしろ自給自足だから、栄養のバランスを考えなくてはならず、ちゃんとカロリー表も出来ていた。主食はイモで、その食べ方もずいぶん研究したものである。手榴弾も迫撃砲も、みんな現地でこしらえた。なにしろラバウル航空隊だから地下に航空廠《しょう》を持ったようなもので、工作機械にも事欠かず、ベトコンのジャングル兵器工場よりも優秀だったかもしれない。朝鮮戦争で中共が三十八度線沿いに地下長城を築いたのも、ベトコンが穴にはいるのも、案外ラバウルの戦訓が生きているのかもしれず、マッカーサーはラバウルと朝鮮で二度手を焼いたことになるかもしれない。もっとも中共軍が朝鮮で穴にはいったころはマッカーサーは解任されていたが。

穴にはいった海軍で、私は今でもこの籠城で得た教訓くらい得がたいものはないと思っている。海軍は〝大和ホテル〟などと言われてずいぶんぜいたくな海上生活を送ったが、ラバウルでは陸、海同じ条件で生活したわけで、この間、いままで一度も習わなかったことを体験したのだから、私が内地へ帰ってからの生活や、防空指導に非常なプラスとなり、地下にはいれば、空襲に十分耐え得るという自信は、今でも持っている。この考えでベトコンをみるとうなずけるものがあるのである。

ラバウル話となると、地下要塞のつくり方から、食糧の自給自足、接戦兵器の自製、創意工夫から豊年祭まで、おもしろい話がいっぱいあるが、名将草鹿任一司令長官が戦後『ラバウル戦線異状なし』という本を出版しておられるので、その本について見られたい。ここでは、次に同書から、地下要塞生活の部分を抜粋、あらましを掲載させていただく。

地下生活（地下要塞の構築）

敵のトラック泊地急襲の直後、連合艦隊命令により、飛行機のほとんど全部がラバウルから引き揚げて行ってから幾日もたたぬ間に、地上施設（ラバウル）の大半は敵の空襲下に姿を消してしまったのである。

かくして、昭和十九年の春早々から、われわれの穴居生活がはじまった。雲霞の如くやって来る敵機に対しては、地上の防空銃砲火だけではどうしても防ぎきれない。こちらに相当の戦闘機があれば両々相まってそう簡単に彼等を寄せつけないかも、われわれは曲りなりにも人間並みの地上生活を営み、防空壕《ごう》は必要に応じ使用すればよいのだが、それが急にそういかなくなって、俄《にわか》に土蜘蛛《つちぐも》の真似《まね》をしなければならなくなった。もっとも、以前から早晩このことあるを予想して洞窟移動の準備をなしつつあった。艦隊司令部も姉山の麓のジャングル内に地を卜《ぼく》して、地下移住の計画を立て、すでにその工程の半ばはできていたので、急速にピッチを上げて工事を進め、三月三十一日には本拠をここに移し、司令部員約千名が終戦まで居たのである。

海軍では司令部所在の艦船、部隊には、その指揮官の階級に応じた将旗を掲げることになっており、司令部を移動することを一名将旗を移すといっていたが、姉山洞窟の入口に将旗を掲げるについて、下手に高くすると敵機爆撃の目標となるおそれがあるので、ちょうど一本、都合のよい所にかなりの木があったので、これを楯にして余り長くない旗竿を立て、目立たぬように将旗を掲げた。この木はシャシャップという木で、形はちがうが夏ミカンぐらいの大きさの実がなり、甘酸っぱくてなかなか良い味がするので、われわれの愛木となった。

それから、この司令部の場所に適当な名前をつけようというので、幕僚達がいろいろ頭をひねくったあげく、五つ六つ予選に入ったのを書いてきて、どれか決めて下さいと言うから、やはり名前も縁起ものでいい加減にはできぬと思い、一晩考えて「金剛洞」ときめた。

各部隊もそれぞれ工事を急ぎ、天長節（四月二十九日）のころまでには一応皆土蜘蛛式に落ちついた。しかし、それはまだ穴を掘って、そのなかで寝起きするという形だけが出来た、極めて不完全な応急的のものであって、これを次第に完全な永久的のものにして、愉快に起居し、また事務を執り得るように仕上げなければならず、逐次にそれを進めながら、なお延長工事を続ける一方、居住のみならず倉庫、弾薬庫、後には病院までも地下に設けるに至った。

それから、完全に制空権を失ったのだから、敵をむかえ撃つための陣地はよくそれに応じ得るよう総《すべ》て完全なる洞窟式に急速改造を計り、陣地と陣地との間には四通八達、文字どおり蜘蛛の巣の如くに、交通壕、それも通り一ぺんのものではなく、できればトンネル式とし、そうでないものは空から発見されぬように草や木や土でカムフラージしたものをめぐらし、さらに進んでは居住即陣地の構想の下に、陣地と居住との関連を持たせるべく工夫をした。

穴の中は掘り方と地形により風通しのよい所もあるが、またとても悪い所もあり、土質によっては天井や壁からジクジク水が流れ出して湿気の多い不衛生な場所もある。そういう所は風抜きを作るとか、排水の溝を設けるとかいろいろ工夫をして、保健衛生上の手段を講じなければならぬ。はじめ金剛洞に移った当座、私は毎週一、二回軽いめまいを感ずることがあり、どうしたのかと変に思っていたが、その後しばらくして、洞内の別の所に立派な長官室がつくられて、今まで通路の一側にあった私の寝台を移したその跡を見ると、それまで気がつかなかったが、寝台に接していた壁のところが水が浸み出し湿気でかびが一杯生えていたので、「ははあ、これだったな――」と思ったが、それ以来めまいは何時《いつ》のまにか起こらなくなった。倉庫でも陣地でも同様に温度、湿度、通風に対する注意が最も必要で、あらかた大急ぎで作ってから、あとで、これらの設備をつけ加えるのがなかなか大変な仕事である。

この穴掘りの作業はハッパも多少は使ったが、それはそんなにないので、大部分は人力の手掘りによる約十ヵ月の昼夜突貫工事をもって、春から始めて歳の暮近くまでかかり、まず一段落つげた形となった。もちろん、この間敵の空襲は日課的で、こちらもこれに応じて戦闘行動をとる。またこの空襲の間隙を縫って諸訓練や自活のための農耕もやる。全員一丸となって何でもやった。

かくして、昭和十九年の十一月ごろには、われわれの掘った穴の長さは延べ海軍七〇キロ、陸軍八〇キロ合計一五〇キロ（これは大体東京駅から東海道岩淵、蒲原辺までの距離）であると、当時軍令部作戦部長に転任した富岡参謀長は、東京に帰って報告しているが、その後二十年にはいってからも引きつづいて陣地の増改築、居住、倉庫の拡張などに努めたから、終戦時には恐らく前記の倍近くの長さになっていたろうと思う。

地下生活の模様をわかり易くするために、金剛洞内における艦隊司令部と地下病院の簡単なる略図を次頁に書いてみた。

こんな話もある。

木山辰雄少将の第八十一警備隊で、六百人くらいの炊事ができる大防空壕を造り、中に井戸を掘ったところ、偶然一部から温泉が湧き出たので、そこへ風呂場を設けた……中略……これは病院の近くであるので患者の治療にも利用されていたそうだ。

病院は官邸山と称えられ、もと豪州総督の官邸のあったところに設けられて、港の東方にある小高い丘陵の、見晴しのよいところに数棟建ちならび、屋根の上には大きな赤十字のしるしが描かれてあり、そのためか敵の空襲も受けずに過ごしてきたが、附近には砲台もあり、いつまでも無事というわけにも行くまいし、またその峠の向こう側はすぐ外海に面した海岸で、敵上陸の場合にはたちまち戦場と化するおそれがあって、場所の関係からいってもおもしろくないので、地下生活のはじまった十九年の四月ごろから、市街地の南西方約二〇キロ附近の山中に地下病院を設計して、第一期工事四百名、第二期、第三期も各四百名、合計千二百名の収容力を有する大工事に着手した。

果たして、五月下旬三日間にわたり官邸山は敵機の無差別爆撃を受け、病院施設の大部分は破壊せられ大いに困ったが、地下病院の工事を急ぎ、七月ごろから一部患者の移転を始め、工事の進むに従い次第に山の上から地中の下へ移して、翌二十年五月ごろまでに約四百名を収容し終わり、その後都合により本工事を一応停止した。その代わりに、附近にもう一つ同じく四百名の収容力を有するものを造り、ここには主として急性消化器伝染病患者とマラリヤ患者を収容した。そのほか別に一つ、医療品倉庫を造った。

手術室でもレントゲン室でも一通り完備し、特に換気に注意して通風孔を多数設けるなど、まず、このような地下病院は世界の他の戦場にあったか、なかったかをよく知らぬが、とにかく大したものだったと言えるであろう。

住居の穴掘りと並行して、否それ以上速かに、陣地の穴掘りをしなければならなかった。

飛行機なしで最強の空軍を持つ敵を相手とするのであるから、元来無理な話である。しかし無理でも何でも我武者羅《がむしゃら》にやってのけるよりほかはない。それには、いくら爆撃されても容易に壊れないしっかりした陣地に拠るほかはないというわけで、あらゆる陣地は極力地下式とし、大砲でも機銃でも皆軍艦の砲塔のように、穴を掘ってすえつけた。しかし陣地は単なる住居とは違って戦術上の要求があるので、何処《どこ》でもつくり易いところにつくればよいというわけにはいかぬ。また大砲や機銃を撃てるようにしなければな

地下病院略図

縦断面　　横断面

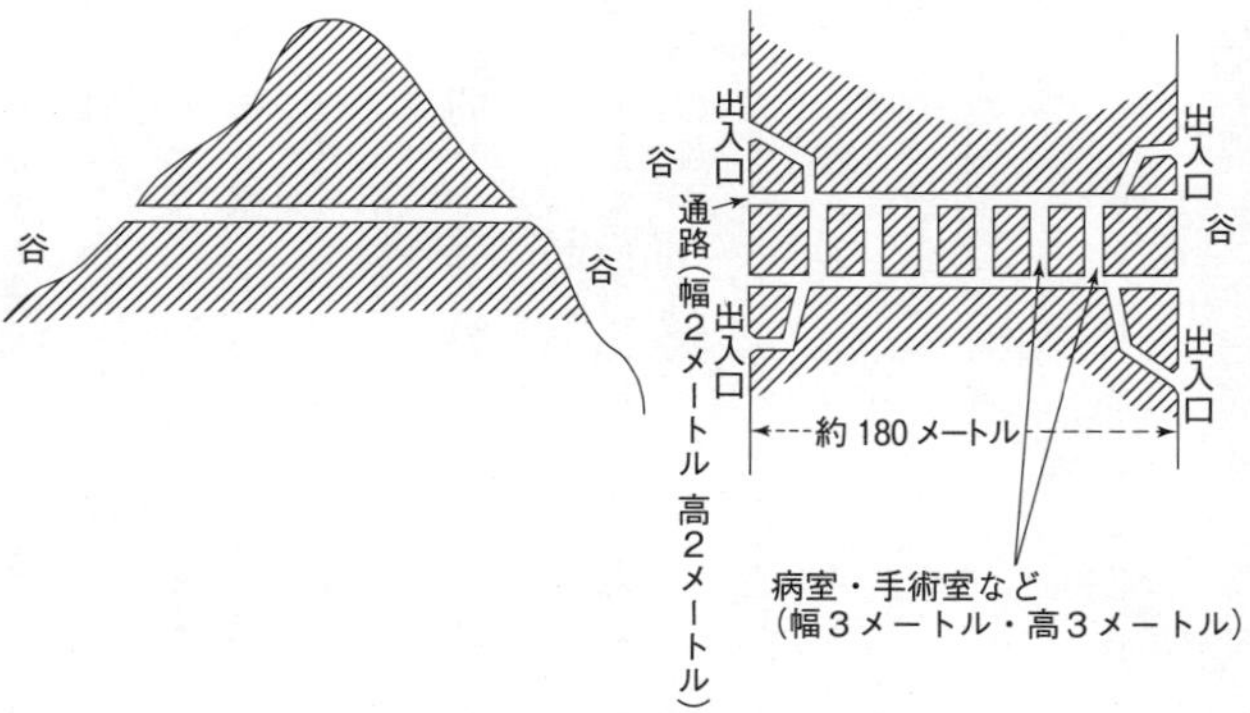

金剛洞内艦隊司令部略図

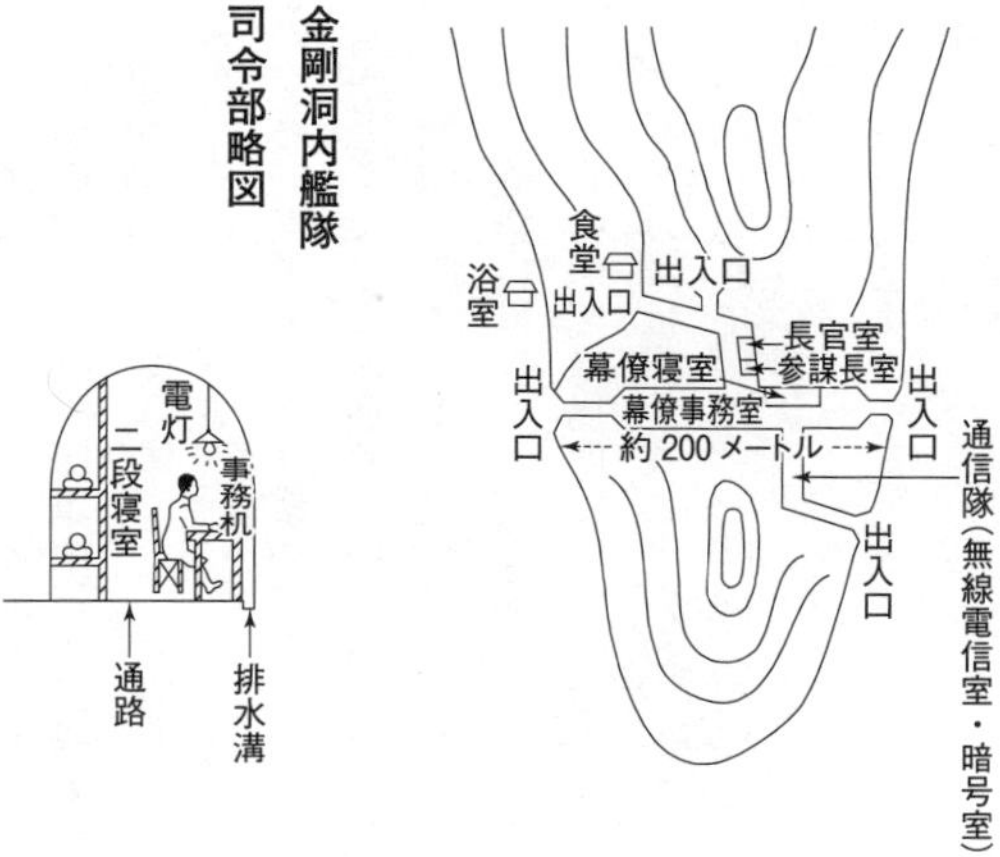

らぬから、木材とか鉄板とか土石とか、いろいろの材料を利用して地形に応じてうまくつくらなければならぬところに苦心がある。その辺のことは海軍でも一通り心得てはいるが、何といっても陸軍が家元であり、殊にその道の大家の岩畔陸軍中佐が参謀でおられたので、よく来てもらって指導を仰ぎ着々堅塁が築かれていった。

しかし、実際やってみると思わぬ故障につき当たることもある。

ある山砲の洞窟陣地を立派につくり、実験のために実弾をかなり撃ってみた。ところが、約一時間三十発も撃ったころに砲員が気持が悪くなり、頭痛めまいを感じたり吐気を催したりしたので、その原因を調べたところ、発砲の際生ずる一酸化炭素のため瓦斯《ガス》中毒を起こしたものであることがわかった。軍艦の砲塔には換気装置があり、また高速力の艦上では風が相当吹き払ってくれるが、陸上の穴の中では場所によってはなかなか発散せず、しまいに中毒を起こすことになる。考えてみれば当然なことだが、あまり囲むことばかり考えて、そういう大事なことをうっかり忘れていた。一時間くらいでそんなことでは戦さができぬ。そこで敵に対して背面にあたる部分はなるべく外気に開くようにし、また扇風機を装備したり、排気管を特設するなどして、ようやく良くなったことがあった。

さて、一通り居住も陣地も整ってくると、今度はその双方を結びつけることに着手した。

敵が来た場合、陣地についてそのまま幾日も張り合っていることを考えると、どうしても陣地即居住でなければならぬ。そのため住居に近い陣地は地下道で自由に交通ができるようにし、また普段住んでいる洞窟から離れた場所に設けられた陣地とは、その銃、砲座のある戦闘陣地の下底に居住、休息用の室を更に設け、地下に二階、三階のアパート式施設をつくり始めたのである。

それからまた、地下の間道も造った。

もし、やむを得ずして一時敵に上陸進撃を許すことがあっても、決してそのままペチャンコにはならぬ、むしろこれを引き入れておいて撃滅する。そのために、海軍受持ちの防禦線のなかで、海岸から市街地に通ずる主要なる峠道が二ヵ所あったが、そこに峠の地下に内外に通ずる間道を掘り抜いて、万一敵が物力にものを言わせて峠の関所を突破して来た場合には、こちらから遊撃部隊がこの間道によって不意に敵の背後に出で、挟み撃ちにして一人も残さず打ちとるという構想であった。

これは一ヵ所約二〇〇メートルのものが竣工して、私が通り初めに行った。他の一ヵ所は約五、六〇〇メートルの長いもので、その上土質が堅くて作業が進まず、半途にして終戦になった。

最後に、姉山の頂上に洞窟式の指揮所を完成した。

姉山は、前にも書いたように、ラバウルの北方港の正面に屹立する五〇〇メートル余の鬱蒼《うっそう》たる山で、艦隊司令部の所在地たる金剛洞はその麓にあった。私もこの山に幾度も登ったが、頂上のやや平坦な樹木の余りない所から下界を見下すと、港の周辺、海軍の受持防禦地域のほとんど全部が手に取る如く眼にうつる形勝の地である。ここに洞窟式の指揮所をつくり、無線、有線の通信装置を完備して、いざという時には長官自ら登って、親しく戦勢を観察し、全作戦を指導しようというのである。これは施設関係の主務参謀碇壮次大佐の着想で、海軍施設部が数ヵ月かかって造り上げ、三十人くらいの居住設備を有する立派なものであった。

それは、昭和二十年の六月ごろであったと記憶する。

沖縄作戦と和平工作

沖縄作戦の構想

ラバウル戦線から内地に呼戻されたのは、昭和十九年十一月だった。私は今もよく覚えているが、十一月三日の明治節で、ラバウルでは敵戦闘機の上空制圧下で〝豊年祭〟をやっていた。もうそのころはラバウルは完全孤立十ヵ月目ごろで、サイパンは落ちていたが海軍省から急に電報でトラック島まで二式大艇（四発飛行艇）を迎えに出すから、なんとか工夫してトラックまで出て来いという命令がきた。そこでヤシ林の中にかくしていたとっておきの三座水偵（いわゆるゲタばき機）で、トラックまで敵地上空を夜間飛行することになった。参謀長を内地に送るのならというので、航空隊司令は一番腕利《き》きの搭乗員を選抜してくれたが、その腕前のおかげで、八時間の夜間難飛行の末（一回は途中引返したが、ラバウルに着水すると同時に、敵戦闘機にバリバリやられたが死ななかった）トラックに着き、待っていた二式大艇に乗りかえて二日で横須賀に着いた。迎えの自動車ですぐ大本営に行ったが、サイパンから筆者と並行して飛んで来たB29一機が、東京初偵察にはいって来て、青い秋空にキラキラ銀翼を光らせているのを見て、とうとう来るところまで来たなと感じた。

筆者が内地に帰って驚いたことは、もうサイパンがとられているというのに、内地一般は泰然としていて、工場疎開もぼつぼつというところで、防空壕はオモチャみたいなようなのがあるが、ラバウル式のトンネルなぞは出来ていない。食糧はまだ米飯への執着から離れておらず、甘藷《かんしょ》は補助用で、主食の品種に変えられていない。東京でも各都市でも劫火の巷になることが、目に見えているのに、のんきに過ぎるような気がしてならなかった。そこで、閣僚や次官会議や、枢密顧問官会議や、陸海軍各部に一ヵ月に二十回ぐらいの講演をやって、「ラバウル態勢にならえ」と説いて回ったのである。

次に驚いたことは〝私を作戦部長にするのだ〟と、こういう話である。これは私にとって非常に苦しいことだった。

当時サイパンはすでに敵の手に落ち、私はラバウルの籠城の経験から、これはとうてい無理だ。だがなにか作戦計画をたてなければならない。これは実にむずかしいことである。ますますその任ではない。

「我に策たたず」といった気持だったが、

「ともかくフィリピン・南西諸島・沖縄方面の現地を見てこい」

ということだった。

ちょうどフィリピンはリンガエン上陸の前にあたる時期であったが一応行ってみた。それから台湾を見て、沖縄を回り内地へ帰った。

当時日本の作戦計画は『比島決戦要綱』というものがあり、比島で総戦力を集結して敵を挫折《ざせつ》さすというのが構想であったと思う。つまり比島をとられてしまえば戦線は中断されるし、南方からの資源はこない。そこでどうしても比島で決戦するという作戦計画である。

ところが現地を見た私は〝比島守れず守り得る確信なし〟という結論になった。比島は非常に多くの島嶼《とうしょ》で成っていて、とうてい守れるものではない。いかなる莫大な陸軍力をつぎ込んでも、あるいは航空力をつぎ込んでも、守りにくい。比島はとられることを覚悟しなくちゃならん。

それから台湾だが、これもアメリカが上陸する公算もある。しかも台湾は地形的に本土から遠いため、陸軍兵力、航空兵力、艦隊をつぎ込むことは愚策だ。比島と五十歩百歩だ。それで次に沖縄を視察して日本に帰り、私は次のことを提議した。

比島は決戦要綱が決まっていて、現に死力を尽くして戦っているが、これは放棄すべきだ。台湾も五十歩百歩であるし、もし敵が上陸すれば所在の軍力で出血作戦で時を稼ぐ以外にない。

それより敵は沖縄を取らなければ日本本土上陸ができない。そのために沖縄には必ず上陸するだろう。そこでここにできる限りの兵力を全部注ぎ込むべきだ。ここからならば九州や台湾からも特攻が飛びたてるし、あるいは潜水艦を出してもやれる。できるだけ兵力をつぎ込んでラバウル地下要塞の何倍かぐらいに固めることだ。敵の進攻を挫折させないにしても、大きな出血をさす。

そのことによってソ連の参戦をくい止めることができる。そうすれば政治的な手がうてるかもしれない——ということであった。

しかし終戦構想というのは生産量を上げて反撃できるなら別問題だが、それでなければ政治的に転換できる意味を持たなければいけない。これが当時沖縄作戦の構想だった。

もう一つは当時ソ連を考慮しなければならない状況であった。

大体欧州戦場の見通しがつき、ドイツは降参していた。ソ連はシベリアを経て極東に兵力を回し始めていることも情報でわかっていた。日ソ中立条約はあってもアテにならない。そのために沖縄において打撃を与える。そして政戦両略を考え、ソ連の参戦を延ばすことだ。またそれによって時をかせいで本土の防衛を強化し、アメリカに大なる犠牲を与えることだ。

ところがこの本土決戦論は陸軍に強くあった。そうかと思うと一方では台湾に補給しろという思想があってこれが陸海軍の間に意見のくい違いを生じた。

第一本土決戦をやれば軍隊がいたむだけでなく、国民の生命が多量に失われ、回復しえざることになる。この破壊は日本民族に非常に長く打撃を及ぼすことであるし、その前に打つべき手が一手残っている。その手が沖縄にあるのだ。これが海軍の考えであった。ところが陸軍はそんな島嶼決戦というものは今までさんざん失敗しているし、もう本土決戦だと、この作戦上戦略構想の非常な相違が出てきたのである。

その結果、陸軍は沖縄の精鋭一個旅団を抽出、台湾につぎ込んでしまった。ところが二月ごろ〝やっぱり沖縄の地域で行こう〟と、国家の作戦方針が決定したときには、敵の機動艦隊はもう日本を押えていた時であるから、輸送船も運べない。

こういう戦略的な齟齬《そご》があった。

失敗した和平交渉の時期

しかしながら作戦方針は最後には一致して陸軍も海軍もすべての航空機、赤トンボといえども特攻としてつぎ込み、また潜水艦をはじめ艦艇といえども、総攻撃には突っ込むという方針に決まった。

しかし敵の上陸に対する判断には、いろんな議論があり、すなわち硫黄《いおう》島から小笠原を経て関東に上陸する説と、もう一つは比島から沖縄に一挙に上陸するという説があった。その時期は大体四月上旬で、その兵力は十分な兵力を集結してくるだろう。しかも上陸の当初は母艦を使わざるを得ない。この敵の弱点をついて台湾と九州から母艦を潰《つぶ》すだけの特攻をかけられる。あるいは特攻でなくとも普通の攻撃もかけられる。そして挫折させることができる。そう判断したわけだが事実、後から考えると、そのとおりであったわけだ。

硫黄島からの場合は、まず小笠原に拠点を作ることも考えられたが、上陸艦艇を使うには少し距離が遠い。ところが沖縄の場合は沖縄というステップをとって九州にくるのに最適である。しかも途中に島もある。アメリカの作戦をラバウル、ブーゲンビル以来ずっと見ていると、彼らは上陸するときは必ず大きな橋頭堡を取る。

小さな戦術の面でも近くの一つの小さな島を取って、そこに大砲をすえつけたり、飛行機を出してくるというようにして本上陸を確実にする。そこでこれのスケールを大きくしていけば沖縄という一つの上陸準備点を作って、そこを足場に日本本土を狙《ねら》うことができるが、硫黄島の場合は敵にとって本土上陸のステップにはちょっと遠い。

このような状況判断に一致するまでは時間がかかったのであるが、陸軍と一致した以上、沖縄の防衛強化を必死にやったわけだ。ところが陸海の協定が成ったときにはもう兵力を思うように入れることができなかった。

こうして沖縄は読者のご承知のような経過をたどり、ソ連の参戦を遅延さすという目的はできなかったが、敵の出血は相当なものであった。

この沖縄のおびただしい出血によってマッカーサーは「日本本土上陸作戦をやればアメ

リカ人の血は百万流れる」とルーズベルトに進言した。また沖縄作戦において日本が考慮しなければならなかった点は、ソ連が欧州での戦争が終わり極東に進出してきたことである。ソ連は容赦なく漁夫の利を占めていくだろう。日本もそれをやられると満州、北支からずうっとやられてしまうし、無論ソ連が参戦しては困る。そのために日本の威力をあるにせよないにせよ、相当誇示しなければならない。その実績を沖縄で示すことが必要である。

当時は全くソ連とのこと、アメリカとのこと、この二つが沖縄作戦計画の根本的な問題であった。

しかし、判断したとおりには間違いなかったが、それに対する軍の準備はやはり時期を逸した。この点私は非常に遺憾に感じている。

この沖縄作戦の途中からソ連に近衛公を派遣する意見も出てきたのであるが、このような点は戦争指導上よく認識されていなければならなかったはずである。政戦両略は海軍の首脳部はやはり考えていたと思う。

これは二十年一月ごろの秘史であるが、小沢治三郎さんが次長、及川古志郎さんが総長で、私が作戦部長で、こういう構想に持っていったらどうかと、いつも話合っていたことであるが、沖縄でできるだけ出血、あるいは挫折さす。そしてソ連を立たせないようにする。と同時にアメリカはソ連に漁夫の利をとられるのは困るに違いない。これだけの戦争をやってきたアメリカがソ連に満州やシナをとられるような馬鹿なことをするはずはない。政府はソ連に仲介を頼むことを考えたのであろうが、われわれは作戦としてはそう考えておらなかった。

しかしソ連に仲介を頼むということをやれば、アメリカはきっとあせるだろう。もしかすると日本にかまっていられなくて、中国を押えておかなければならないというような構想が出るかもしれない。タイミング的にそう思うであろうという構想。この構想を出したのは海軍が一番先であって一月ごろに提案した。

アメリカのほこ先をうまくすると向こうに向けることができるかもしれない。それでなくとも日本との終戦条項を急ぐがゆえに、ソ連に牛耳《ぎゅうじ》らさないことを考えるだろう。そして向こうが出す条件がわれわれものめる条件になるかもしれない。これがわれわれが一つ持っていた構想であって、これが政府に伝えられた。

しかし政府はソ連に真面目に仲介を頼むという方針に決まったわけで、近衛派遣の案が出たことは、それを物語っているし、事実頼んだ。ところがわれわれはむしろアメリカを引出したかったのである。しかもその意図を証明したかのように、アメリカはダレスの弟のアレン・ダレス、彼がルーズベルトの特使として、スイスにいた海軍の藤村中佐を通じて日本と話合おうじゃないかという申入れを出してきた。まさに海軍首脳部の図にあたったわけである。

そこでわれわれが知りたいのは終戦の条件であるが、本土をその戦火にすっかり崩壊せしめなくて、ある条件で和平をやる、これは戦争の初めからの既定であり、すでに遅過ぎたくらいであった。

私は海軍大将ぐらい派遣してもよろしいと思って進言したのであるが、上司から「お前は作戦をやればよい、政治の方には口を出すな」と言われ非常に叱られた。

しかしその当時は作戦と政治とはすでに考えながらやらなければいけなかった時期であり、米内海相のことだから、うまくやるだろうと思ったが、海相は陸海軍離間の手かもしれないと考えたのだろう、これを外務省に回した。そしてそのまま立消えてしまった。

これは、私は当時のアメリカのためにも、当時の世界のためにも、むろん日本のためにも非常に遺憾なことであったと思うし、そうでなければ、これほど戦後の世界が苦しみ、ソ連に漁夫の利をとられるということなしにすんだかもしれないと思っている。

硫黄島戦と沖縄戦

一九四四年十月早々に、米国統合参謀本部はニミッツ提督に対し、マッカーサーのフィリピン復帰作戦の掩護《えんご》と支援が終わったら、一九四五年の初め、硫黄島および沖縄攻略を続けて行なうよう指令を発していたことが、ニミッツの太平洋海戦史に出ている。われわれ日本側としても、四五年一月には、米軍は二月ごろに硫黄島を、次いで小笠原をとりに来るであろうと判断していた。サイパンから日本本土をB29で連続爆撃するにしても、戦闘機を掩護につけないと損害が大きいし、また損傷機の不時着基地がほしいので、硫黄島には必ず手をかけてくると考えていた。ところが硫黄島は本土から遠くて、航空兵力による支援が困難であるのと、次の沖縄に全特攻を集中する必要もあるので、涙をのんで、現地陸海軍兵力だけで出血作戦をすることになった。ただし二月二十一日、神風特攻機約二十機をもって一撃は加え、空母「サラトガ」に三機命中し、沈没寸前までにし、護衛空母「ビスマルク・シー」に一機命中、これを沈没させ、また他の三隻の米艦を中破する戦果をあげたが、その後は特攻はかけなかった。

この硫黄島を守ったのは、栗林忠道陸軍中将の指揮する小笠原兵団で、これに海軍航空陸上部隊と陸戦隊約七千五百が加わって、総兵力約二万三千が地下要塞を築いて待ちかまえていたのに対し、米軍は予想どおり二月十九日、第三、第四、第五海兵師団約七万五千、支援艦艇約五百隻という大軍をもってかかって来たのである。硫黄島戦記は日米共多くの戦記が出版されているが、文字どおり互いに凄絶《せいぜつ》なもので、特に米軍を困惑させたのは、地上と地下との戦いというこれまでとは異質な戦闘様式であったことである。指の先ほどの小島の戦闘で、二月十九日から三月二十七日栗林中将以下二万一千の戦死と戦傷捕虜二千余名に対し、米軍は戦死約六千八百名、戦傷約一万九千という大量の損害を出したのである。

沖縄戦に対しては米側は一九四四年十月に硫黄島に次いで大兵力で攻略する大体方針を決めていたが、比島進攻の遅延でのびのびになっていた。一九四五年三、四月にニミッツ元帥総指揮のもとに、スプルーアンス海軍大将を直接総指揮官として四個陸軍師団、三個海兵師団、合計十八万三千の上陸部隊と、空母十五隻、戦艦十八隻、巡洋艦十九隻、駆逐艦七十一隻、艦載機約千機と、英機動艦隊（H・ローリング海軍中将指揮）空母四隻、戦艦二隻、巡洋艦駆逐艦十六隻、艦載機約二百五十機という大兵力を準備した。

日本艦隊最後の出撃

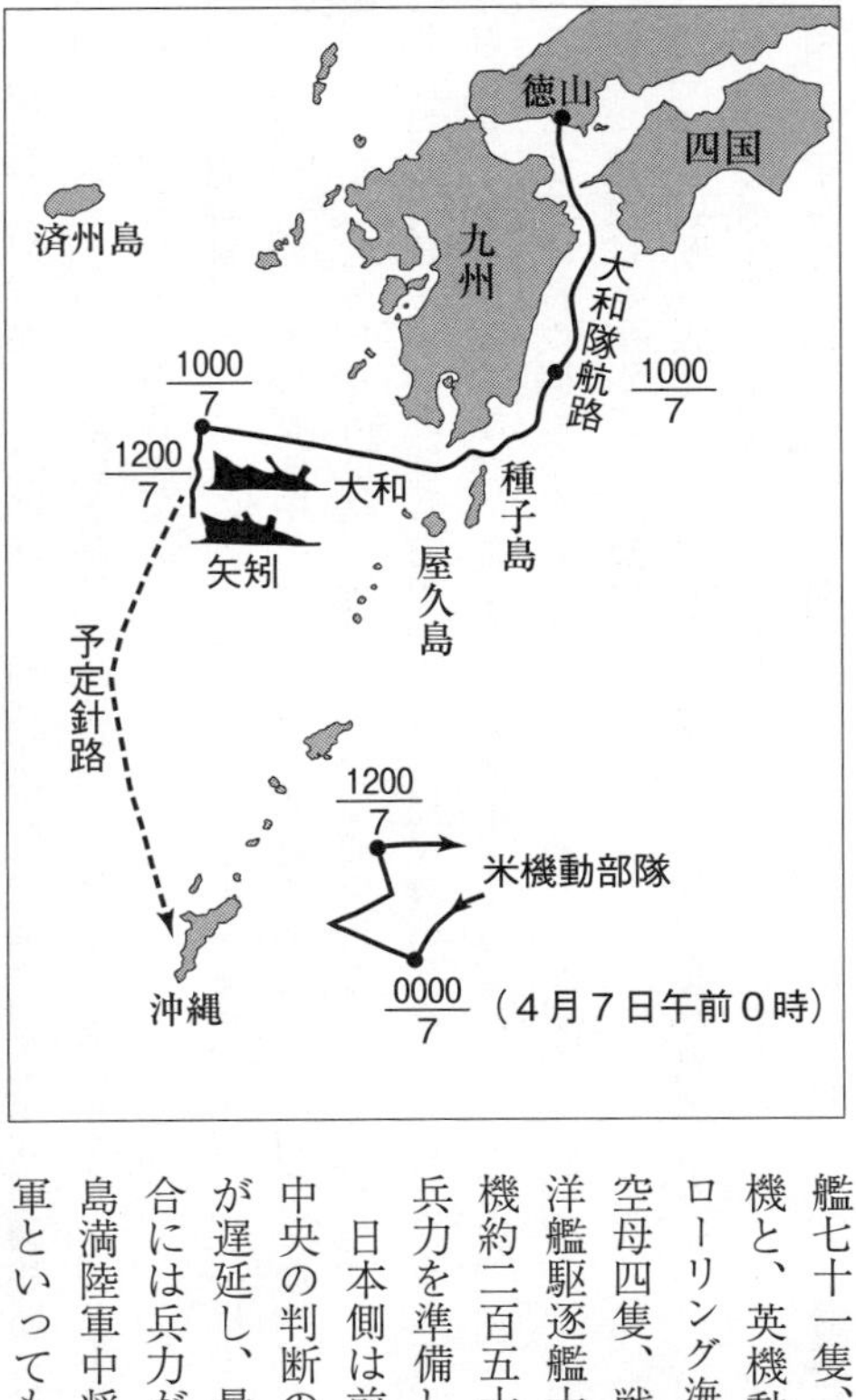

日本側は前述の陸海軍中央の判断の相違で戦備が遅延し、最重要点の割合には兵力が少なく、牛島満陸軍中将の第三十二軍といっても、第二十四

師団（雨宮巽中将）、第六十二師団（藤岡武雄中将）、独立混成第四十四旅団（鈴木繁二少将）を主力とする約七万と、海軍の沖縄方面根拠地隊（太田実海軍少将）約八千と現地義勇兵約二万二千、合計約十万程度であった。

沖縄戦の内容は、既に多くの内外戦史に詳《つまび》らかであるが、米軍の損害は米側の発表によると、米兵約一万三千の戦死中、海兵隊三千四百、海上海軍約四千となっており、海上海軍約四千は主として日本航空機の特攻によって戦死したものである。

これに対し、日本側の沖縄兵力の損害は、島民義勇兵を含み戦死約十一万、市民約十万とみられる。また日本特攻機の戦果は、米側海軍省発表によると上表〔次ページ表〕のとおりで、さすがに特攻機の命中は非常な高率であったが、艦船に対する水中打撃が少なかったため、沈没はわずかに十三隻であった。

世界一の大戦艦「大和」についても物語が書かれ、また映画にもなった。

省みれば菊水作戦が発動されて二十余年の歳月がたっている。

昭和二十年四月六日午後三時、瀬戸内海の三田尻沖から出撃、B29と潜水艦の触接を受けながら種子島、沖永良部島《おきのえらぶ》を経て九州南西海上に出た大和は、巡洋艦「矢矧《やはぎ》」と駆逐艦「冬月」、「涼月」、「雪風」、「磯風」、「浜風」、「霞」、「初霜」、「朝霜」の八駆逐艦の輪形陣にはいった。

四月七日午前、二十七ノットで南下する大和隊は、百機以上の米艦上機の襲撃を受け、

沖縄戦日本特攻機の戦果

	戦　艦	空　母	巡洋艦	駆逐艦	その他	計
沈　没	－	－	－	9	4	13
損　傷	9	10	4	58	93	174
計	9	10	4	67	97	187

沖縄戦日本特攻出撃機数

月　日		海　軍	陸　軍	計
1945－3. 2～4. 3		106	－	106
菊水１号～５号	3. 4～5. 4	639	441	1,080
菊水以外	4. 6～5. 4	462	199	661
菊水６号～10号	5.11～6.22	291	115	406
菊水以外	5.11～6.22	77	179	256
〃	6.23～8.16	62	－	62
総　計		1,637	934	2,571

三時間の死闘ののち、坊の崎の南方九〇カイリの海底に、伊藤整一長官、有賀艦長ら乗員三千人を乗せ、沖縄の敵陣に打ちこむ予定の一八インチ砲弾千発を抱いたまま沈んでいった。昭和二十年四月七日午後三時のことである。作戦とは、非情なもので〝温情作戦〟などという言葉はないのである。

なお終戦直前の最高戦争指導会議の様相については、最後の軍令部総長豊田副武大将が所感をつづっておられるので、末尾に参考として掲げておく。

【昭和二十年六月頃の情況に関する豊田連合艦隊司令長官（間もなく軍令部総長となる）の所

感（極東裁判陳述）】

六月六日、最高戦争指導会議＝一日中かかって審議したが、結論も実現の可能あるものとも考えられず、極めて形式的なものに過ぎなかった。勿論、この有様ではとても戦争継続は出来ないから、何とか終戦のことを考えなくてはならぬというようなことは、だれ一人としておくびにも出さなかった。越えて六月八日に正式な最高戦争指導会議が陛下の御前で開かれたが、結局六日の会議の結果を改めて各主務者から陛下に申上げて、決議として一億奮起、聖戦完遂に邁進するを要すということを取上げたのであった。しかし其の時陛下からはそれに対して一言の御下問もなかった。

思うに陛下は心中深く戦争終結のことを考えておられたのであろうが、この会議の内容も結果もお考えとはだいぶかけ離れており、自然反問をなされるようなお気持になれず、たんに形式的に聞いておられたに違いない。

これはその年の一月のことであるが、レイテの失陥・比島没落の後は南方諸地域との交通もほとんど遮断されてしまい、敵の日本領土進攻が目睫《もくしょう》に迫っているというころだから、日本としては手も足も出なくなった場合なのに、大本営なり海軍なりで出した『作戦大綱』とか『作戦計画綱要』とかが私共出先の者の手に届く。それを読んで見ても、お題目以上の感じが起こらない。「一億必勝を確信し、主敵米の侵寇《しんこう》を破摧し、飽く迄戦争を完遂す」とか、「既成の戦略態勢を活用し敵の進攻を破摧し、速に自主的態勢の確立に努む」とかいったような、いずれもその当時としては現実に遠いもので、希望的感想というよりもむしろ夢に近いような「作文」が多かった。戦争末期になって戦勢悪化するに従いこの傾向は甚しくなったようで、結局ああいう事態になると、一人々々の本当の肚の中を開いて見たらいずれもやはり不安と疑念でいっぱいになっておるのだろうが、多勢の前で所見を述べるとか、文章を書いたりすると、心にもない強がりを言うことになるのだ。戦争を続行している以上、あらゆる努力をこれに傾注するのは当然のことだが、あまりに現実と離れては、いくら強がりを言って見たところで、通用しなければ何にもならない。ところが、現実に即したものの言いかたをしようものなら、強硬派というか、急進主義者というか、そういう連中に直《す》ぐ槍玉にあげられて、うっかりすれば命が危くなるのだから……。

いま、一月二十日に発布された『帝国陸海軍作戦大綱』の摘要を一例としてあげてみるが、これはたんなる「作文」だったと言っていい。

「作戦指導の大綱
陸海軍は戦局愈々《いよいよ》至難なるを予期しつつ、既成の戦略態勢を活用し敵の進攻を破摧し、速に自主的態勢の確立に努む
右自主的態勢は今後の作戦推移を洞察し、速にまず皇土及之が防衛に緊切なる大陸要域において不抜の邀撃態勢を確立し、敵の来攻にあたりては随時之を撃破すると共に、

此の間状況之を許す限り、反撃戦力特に精鋭なる航空戦力を整備し、以て積極的不羈《ふき》の作戦遂行に努むるを以てその主眼とす」

こんなものを、米軍リンガエン上陸後間もなく貰《もら》ったのだから、ピンと来ない。真剣に取組んで工夫案画しこれをやらなければならん。——これが第一だとか、第二だとかというような現実的示唆は発見できない。ずっと読んで、えらいことを書いてあるなという印象を受けるだけだ。

次に、フィリピンの防衛態勢だ。

「陸海軍は比島方面に来攻中の米軍主力に対し強靭なる作戦を遂行し、これを撃破して極力敵戦力に痛撃を加うると共に、敵戦力の牽制抑留に努め、この間情勢の推移を洞察し、これに即応して速かに自他方面における作戦準備を促進す」

三には、こんなことが書いてある。

「陸海軍は進攻する米軍主力に対し、陸海特に航空戦力を綜合発揮し敵戦力を撃破し、その進攻企図を破摧す。この間他方面にありては優勢なる敵空海戦力の来攻を予期しつつ、主として陸上部隊を以て作戦を遂行するものとす。

敵戦力の撃破は、渡洋進攻の弱点を捕え、洋上に於て痛撃を加うるを主眼とし、爾後上陸せる敵に対しては補給遮断と相俟《あいま》って陸上作戦において其の目的を達成す」云々。

どれもこれも、確算の立つものはほとんどない。

これは、終戦前の最高戦争指導会議だってそのとおり。前述のように、正規の最高戦争指導会議の六人の構成員のほかに、幹事役やら関係の国務大臣などが加わるのだから、こんな会議で作った決議は、たとえば六月八日の御前会議で採択されたものでもわかるように、不可能を可能にして聖戦を完遂するのだ、これこれのことをやれば必ずできる、というような結論が飛び出してくることになる。それでは、一項目でも本当にそのとおりにできるかというと、本当にどれもこれもできはしない……。

更に六月十七日には、私が軍令部に着任してから初めて、最高戦争指導会議構成員だけの終戦に関する懇談会があった。それまでは前述の如く及川大将から概略を聞いていただけで、六人が集まって終戦の話をしたということは一度もなかったのであったが、この日に初めて首相官邸に構成員が参集して、外相からそれまでの経過や現状の説明があった。すなわちおもに広田・マリク会談のこと、および在モスクワの佐藤（尚武）大使方面の情報、連絡に関することなどで、前者についてはマリク大使が病気だとか、あるいは軽井沢に引籠っているとかでよく連絡がとれない。また佐藤大使の情報は一般に悲観的で、日本としてソ連が対日戦に参加するのを防止し得れば非常な大出来で、それ以上はとても望みがないというような話であった。それで、とにかく外相としては今後ともいっそう努力して対ソ連工作を続け、特派大使を送ることに尽力するという結論になり、次に特派大使をだれにするかという問題もあったが、具体的にだれという名前は出なかった。ただだれが行くにせよ、どうしても手ブラで行くわけにはいかない。相当な土産を持たせてやらなければならない。ところがこの条件については、その後も最後まで具体的にどの程度までのことをするという話まではいかなかった。しかし東郷外相は、大体日露戦争前の状態に帰す程度のことは考えなければなるまいという意向のようであった。そうなればポーツマス条約はもちろん解消で、満州の利権も関東州も、更に樺太も皆返還する。しかし、千島は全然想像もしていなかった。ヤルタ会談の内容などというものは全然わかっていなかったのである。

ところが六月二十二日に突然陛下が最高戦争指導会議の六人を宮中にお召しになって、御前会議というよりは、むしろ御諮問があった。この会議の規定からいうと、正式に御前会議を開く場合には、参謀総長と軍令部総長が当の責任者として両人の奏上によって会議が開催されるわけであるが、この時は此方《こちら》の奏上で開かれたのでなく、お召しになって開催されたのであった。

終　戦

叛乱の気に満つ

終戦は開戦の時と同じく私の心の中は「苦悶《くもん》」の一語に尽きた。勇ましい言葉で自己を慰めてもなんにもならぬし、一応終戦の心構えはできていてもダメだった。直宮《じきみや》の高松宮殿下が横須賀におられたのを東京に迎え、軍令部出仕、一部長付にして宮中の情報をみんな入れていただくことになり、おかげで天皇陛下の終戦へのご意思がはっきりした。

昭和二十年八月十六日の夕刻のことであった。霞ガ関海軍軍令部地下作戦室は人いきれと湿気でゆだるように暑い。私は九州から飛行機で駆けつけた第五航空艦隊参謀長に会っていた。

「終戦の御詔勅を拝して事の意外に驚いたのですが事ここに到ったいきさつが承りたい。というのはわれわれ前線の将士は御詔勅が果たして陛下のご真意であらせらるるか、あるいは君側の奸のなせる策か、それを伺わなければ艦隊の態度を決しかねるので取るものも取りあえず、飛んで来た次第です」

　と言葉は穏やかだが、ただでは収まるまじき気色である。

「申すまでもなく陛下のご真意です。われわれ軍人としては悲憤やる方ない気持ですが、大御心には順《したが》わなければならん。艦隊のことは総長も非常に心配されているが状況はどうですか」

「とてもこのままでは収まりません、私も収める自信が無い。昨日も源田と岡村が司令部に飛込んで来て〝参謀長、おめおめ終戦の命令をきくようなら参謀長だなどと大きな顔はさせんぞ〟と刀をひねる始末です。その気持は彼らだけではない艦隊全員の気持です。今朝も出て来るときには広範囲の索敵を命じてきた。まだ停戦命令も出ていないことですから、事と次第では、近くに来た敵に全員で突っ込む覚悟でいるのですから、しっかりしたご返事をきかなけりゃ帰れません」

　厚木航空隊の叛乱でさえ何とかして早く収めなければと一方ならぬ心配をしている矢先である。もし残された最も有力な第五航空艦隊が動き出したらこれは天下の動乱になると冷水を浴びせかけられたような気持である。

「待って下さい、それじゃ御前会議の状況を書いた書類があるから読んで下さい。読んでもらえばわかると思うから」

　と八月九日、十日の御前会議の記録を渡した。

参謀長は黙って読んでいたが十日の御前会議で陛下の、

「朕の股肱《ここう》とたのむ陸海軍軍人より武器を奪い、朕が杖柱とたのんだ重臣たちを戦犯として連合国法廷に送ることはまことに堪え難い所ではあるが……」

のお言葉の後（御涙）と記されたところにいたって参謀長の双頰に熱い涙がとめどもなく伝わった。すぐ書類をとじて私に返し、

「わかりました。もうあとはきかなくてもいい。これで部下を収める自信がつきました」

と席を立って帰ろうとしたが、ふり返って、

「フィリピンに講和使節を出されるというが、充分お気をつけなさい。戦闘隊の荒武者どもは空中哨戒でひっ捕えて撃ち落とすと言っていますから。私も充分気をつけますが、九州上空通過の時刻については充分に注意なさった方がいいでしょう」と言い置いて帰る後ろ姿はいかにも淋し気であった。

このほか、航空隊の司令や鎮守府参謀長や部隊指揮官なども、部下の説得が困難なため、作戦部長である私の所につめ寄った人が数多くいたが、高松宮から直接確聞しているので、終戦構想は天皇ご自身から発せられたもので、君側の奸のしたことでないことと、次のような、きたるべき世界の予測説明で皆納得してくれた。

また一方では、国が滅びるのなら、死に花を咲かせて死にたい、と考える人たちもおり、私のところへ、ピストルを擬して躍り込んできたこともあった。

私は、こう説明した。

「第二次大戦が終わると、必ず自由主義と共産主義、つまり米ソの対立になる。その谷間に、日本の立直る機会が出来る。幸いに、民族は残った。そこから、繁栄する新しい日本を育てよう」

みな、納得してくれたが、今日、この説明を繰返して、流れ去った二十余年の歳月に、感慨深いものを覚える。

これらの参謀長や司令がうまく部隊をおさえてくれるだろうか、もし収まらなかったら、こりゃ容易ならんことだぞ、と雲のようにわき起こる心配で胸が一杯になった。

当時、本土決戦のため準備した陸戦部隊約七万八千、水中特攻艇四四一隻、水上特攻隊三千三十隻、潜水艦三十八隻のほかに海軍機五千二百余機が一人残らず、どうせ生き甲斐のない命だ、この最後の一戦に敵と刺しちがえようと捨身ではり切っていたのだから、すでに敗戦と知って統制力を失った各部隊はとうてい無事に収まりそうには思えない。

どこかで火花が散ったらそれはガソリンに点火したようなもので全面的に流血の惨事を引起こして聖旨に背《そむ》き奉ることになる。

務めなればこそ有終の美をもって軍隊の解散をやり遂げようと心肝を挫《くじ》くものの、ややもすれば張りのない絶望的な気分になりがちであった。各地で前途の望みを失った将士が続々と自決していったのもこの時である。連合軍に降伏するための大海令（注・二二六ページ参照）が出されたのは九月一日で、細部まで天皇の直接命令で指示した〝奉勅大海令〟といわれるものである。

降伏使節となって

こういう雰囲気《ふんいき》の中に九月二日の降伏式はやってきた。

降伏式の全権の選定がまた一騒ぎだった。連合軍の指令で政府を代表する全権と大本営を代表する全権各一名と随員数名ということであったが、だれが行くかということになると皆いやだいやだで引受け手がない。

重光外相の代表はまず動かんところだが、大本営はもめたあげく、梅津参謀総長が無理矢理に押しつけられた。海軍の代表の段になると、「海軍代表となれば総長だ」という者があったが、豊田総長は猪首《いくび》を横に振った。「それじゃ次長だ」と言えば「いやだ」という。とうとう「作戦に負けたのだから作戦部長行け」とのっぴきならぬ無理往生で私が海軍の首席随員にされてしまった。こういうところに、たしかに海軍はずるいところがあった。何しろ〝降伏するぐらいなら死ね〟と十八、九歳のころから五十歳近いその年まで長の年月たたきこまれた観念では、今から考えればおかしいぐらいだが本当に死ぬより辛かった。

午前八時過ぎ四隻並んで横浜埠頭桟橋に横付けされていた米駆逐艦の一隻に乗った全権

一行は上甲板の士官室に案内された。窓のない何の飾り気もない簡素な部屋だが何となく広々とした感じである。

重光全権らはモーニングにシルクハット、梅津全権は軍服に丸腰、随員もそれぞれこれに倣《なら》った服装である。

一行が乗艦すると駆逐艦は音もなくスルスルと横付を離したがわれわれはいつ横付を離したか気がつかなかったぐらい手ぎわがいい。日本の駆逐艦だったら「総員横付離し方」「艫《とも》もやいやれ」綱が水に落ちる音、人の走る足音、相当やかましいはずだが、

「こりゃ大したものだ、なかなか操船がうまいぞ」

とちょっと意外な気持がした。

「今日は自動車で来る途中爆弾の一発ぐらいはくらうだろうと思ってたが」

と随員の一人が述懐した。
二、三十分すべるように静かな東京湾を走って、木更津と横須賀との中間位に停泊していた当時世界最大の戦艦ミズーリ号の付近に漂泊した。周囲には東京湾を埋めつくすかと思うくらい軍艦と輸送艦が停泊している。迎えのランチでミズーリ号に向かったが、隻脚の重光全権は大兵肥満の米水兵にまるで子供でも抱くように軽々と舷梯《げんてい》に抱きおろされた。案内の士官も兵隊のいたわり方も昨日まで必死の戦いを続けた憎らしい敵国人だという様子がいささかもない。周囲に集まった水兵が皆カメラでこの情景を写そうとする。大の男

が赤ん坊のように抱《だ》かれている姿はあまりみっともよくはない。外務省の随員が案内将校に「済みませんが、ここの写真はやめさせてもらえませんか」と頼めば、「オーライ」と気軽に引受けて大声で号令すると皆カメラを引っ込めてしまった。

どんな取扱いを受けるか侮辱を受けるかと心ひそかに覚悟していた私は「オヤッ、これは大分見当が違ったぞ」と、ちょっと心を打たれた。

舷梯を上がると「ピーッ」とホイッスルが鳴る。まるでミズーリの艦長になったような扱い方だ。

ミズーリ艦上では第二砲塔の右舷側に式場がしつらえてあった。テーブルが一つ、椅子が二つ、マイク数個が備えてあるばかり、机に向かって艦首の方に日本全権の席、向かい合って正面に連合軍各国代表、両方には米軍将星、山のように群れ集まった各国通信員、映画班員のために桟敷が準備されている。定めの席につく間、だれ一人予期していた侮蔑的態度を示したものがない。八月十九日マニラに派遣されたわが軍使が比島人から受けた非常な侮辱的取扱に比べてこれはまた何という違いだろう。式場の側壁には一八五二年、ペルリ提督来航の際の古い星条旗が掲げられていた。

どんな過酷な義務と懲罰を課せられるか、もしもの時にはと心配もし、心ひそかに覚悟するところのあった私は周囲の風物もあまり心にとまらなかった。目についたのは米軍将星の列の中で一人だけ戦闘帽をかぶったハルゼー将軍の姿であった。ブルと仇名《あだな》されたただけに精悍な面構え、この人ばかりは許すまじき面持でわれわれをにらみつけていた。

九時前後になって式が始まった。マッカーサー連合軍最高司令官が、マイクの前に立った。無造作な軍服姿だが堂々たる態度、声量豊かな声。

「………戦は終わった、恩讐《おんしゅう》は去った。神よ！　この平和を永遠に続けさせ給え！」

最後の言葉を述べるとき元帥の眼は空の一角に向けられその敬虔《けいけん》な態度と声音は、人に対して語る姿ではなかった。目に見えぬ神に捧ぐる誓いと祈りのほかの何物でもなかった。御旨かしこみ恥を忍んで降伏はしたものの、このときまでの私は心から降伏はしていなかった。しかし元帥のこの言葉と態度には心の底から組伏せられてしまった。恩讐の彼方にあるおおらかな気持、キリストの愛があの大きな胸に包まれている。それに引替え何と小さな島国根性であったかと心の底から打ちのめされた気持であった。不覚の涙で目尻が熱くなる。

日本の降伏が定まってから毎日の外国の論調は無電で聴取していたが、峻厳そのもので、ただただ実力で押えつけて管理し変革するという線を越えたものは一つもなかった。然るにそのようなことは元帥の言葉にも態度にも微塵《みじん》もうかがわれなかったのである。

「ペルリ」提督の星条旗をかざったマッカーサー元帥の心が初めてわかった。

日本側全権の署名に引続き連合軍側の署名が始まった。マッカーサー元帥がバターンのウェンライト将軍とシンガポールのパーシバル将軍を従えて署名を始めたが四、五本用意されていた万年筆をとってダグラス・マッカーサーと署名を区切って、順々に両将軍をさし招きその万年筆を記念に渡して握手した。両将軍ともずいぶん瘠《や》せている、気の毒なような気がする。

次に米国代表のニミッツ提督が第三八機動部隊司令長官マッケーン中将等を従えて米軍代表の列から出て来た。彼こそは夢寐《むび》にも忘れぬ敵主将であった。いつも彼の写真を作戦室に掲げて今度はどういう手に出るか、どんな戦略で来るかと明暮れ睨《にら》めっこして頭を悩ました相手であった。

十七年の夏、戦備の整うまでジッと我慢した粘り、ガダルカナルの激戦に次から次に、兵力をくり出して到頭《とうとう》根負けさせた頑張り、その後の押しと、終始合理的な強靭無比な戦いぶりを見せた猛将で、どんな凄い風貌かと思えば、これはまた意外にも最もリファインされた紳士である。態度は鄭重謹厳で地味な様子、いつも〝日本海軍を馬鹿にするな〟と戒《いまし》めていたというのももっともだと思われた。無遠慮な英米軍将校がその後〝マッカーサーは演説のときいつも、I. I. I. だがニミッツは We. We. We. だと言ったのがピタッとあてはまるような人柄であった。私はフッと東郷元帥を連想した。彼は恐らくは自分が全滅させた日本海軍の屍《しかばね》を踏みにじりはしないであろう。静かに花輪を置く人ではあるまいか。

ついてきたマッケーン将軍も瀟洒《しょうしゃ》たる紳士でこれが日本全土を荒らし回った第三八機

動部隊の指揮官だったかと意外に思うような人柄であった。いつもこの機動部隊を目の敵《かたき》にして狙っていたがついにその目的を達し得なかった私は、余人にはわからぬ感慨を覚えた。

米国代表の次は中国代表の除永昌将軍であった。この人は端正瀟洒な紳士だったが、代表の列にいる時から終始ソワソワして落着きが無く、前後左右と話をして外交辞礼を振りまいている様子だった。戦捷《せんしょう》者らしく傲然《ごうぜん》たるところがなく、何だか照れくさそうで、見ていても妙な感じだった。

次は英国代表フレーザー提督が四名の随員を従えて出て来た。皆純白の防暑服半ズボン長靴下、ブリティッシュ・ネービーらしいスマートなゼントルマンである。フレーザー提督は沖縄戦に英機動部隊を率いて参加した人である。

次はソ連代表デレビヤンコ将軍。アッここにも東洋人がいたという感じ。アングロサクソンに比べてズッと東洋人に近い。欧州でも日本でもずいぶんソ連人にも会ったが何の不思議もなく西洋人だと思っていたが、こうして各国代表を並べてくらべて見ると確かに違う。

おあとはオーストラリアのブラムレー将軍、カナダ代表ルクレール将軍、和蘭代表ヘルフリッヒ提督（ジャバ海戦の指揮官）と次々に出て最後にニュージーランド代表の署名で全部を終わった。

各国代表が式場を去ったあとで、日本側が降伏文書を点検したところが、カナダ代表が署名欄を間違えていた。岡崎外務随員の要求にスザーランド参謀長はいとも無造作に手ぎわよく訂正処理して、もし立場が逆だったらやるであろう「このまま持って帰れ、敗戦国が生意気言うな」といったようなところが微塵もないのがうれしかった。

また駆逐艦で横浜へ送られて東京へ帰る途中、行きも帰りも瓦礫《がれき》の道は同じ、景色も同じ景色だが、今こそ完全に打ちひしがれた気持であった。「国亡びて山河あり」の無限の悲しみに、心はしめつけられるように苦しかった。

これなら「レジスタンスはやらないで済むな」と思い、帰ってから米内さんに報告したら「うん、わかった。お前死ぬなよ」と言われた。ある先輩からも懇々とさとされて、私は古巣の海軍大学校の片すみに、みなさんのお骨折りで史料調査会を設け、今日まで戦史の研究をしている。

いま、戦略は政治の一部であるということと、平和を守り抜く政治家の役割の重大さを痛感しているが、また、私は〝制度の硬直化〟の弊害をいま流行の財政硬直以上に感じている。パワーリミット（限界）の問題一つにしてみても、いやなことはみんな避けて、あえて討議の対象にしようとしないし、それに選択の範囲も狭かったし、あえてドロをかぶる人もいなかった戦争中のことを考えて、これからの日本の進路は、よほど先の見通しを持つことが大事だと思っている。

（注）最後の大本営海軍命令（大海令）

㈠大海令第四四号　昭和二十年八月十一日、小沢海軍総司令長官ニ命令
一、海軍総司令長官ハ決号作戦兵力ノ温存ヲ顧慮スルコトナク主敵米ニ対スル作戦ヲ強化シ好機ニ投ジ敵機動部隊ノ撃滅ニ努ムベシ（この命令が戦闘的命令の最終のものである）

㈡大海令第四八号　昭和二十年八月十六日、草鹿南東方面艦隊司令長官、大川内南西方面艦隊司令長官、小沢海軍総司令長官ニ命令。
一、南東方面艦隊司令長官、南西方面艦隊司令長官及海軍総司令長官ハ指揮下海陸軍全部隊ヲシテ即時戦闘行動ヲ停止セシムベシ（後略）
（この命令が戦闘中止の最後の大海令であるが、八月十九日大海令第五十号により一切の戦闘行為停止時機を昭和二十年八月二十二日零時と示されており、詔書渙発以後敵軍の勢力下にはいった者は俘虜《ふりょ》ではなく、降伏者でもない旨を明示されている）

付録

大本営海軍部（参謀部第一部・作戦）事務分担一覧表

昭和二十年七月十五日
軍極秘

部長　少将　富岡定俊	
出仕兼部員（欠員中）	
部長輔佐	一、作戦指導及戦争指導ニ関スル諸方策ノ検討立案推進 二、将来作戦並ニ兵術ニ関スル研究（本項ニ関シ関係課長部員ノ業務ヲ統制ス） 三、其他第一部所掌事項一般
甲部員 大佐　柴　勝男	一、戦争指導全般 二、戦争指導ト作戦指導トノ調整ニ関スル事項
乙部員（欠員中兼務） （大佐　柴　勝男）	一、国際情勢ノ指導ニ関スル事項 二、軍事関係条約ニ関スル事項 三、与国トノ協同作戦ニ関スル事項 四、宣伝謀略ノ根本方針ニ関スル事項 五、甲部員担任事項ニ関シ輔佐
丙部員 少佐　新田善三郎	一、軍事関係国策ニ関スル事項（最高戦争指導会議ニ関スル事項） 二、大東亜圏ニ於ケル軍事関係施策ニ関スル事項 三、政略ト作戦トノ調整ニ関スル事項 四、甲部員担任事項ニ関シ輔佐

	兼務部員 陸軍大佐 種村佐孝	特ニ命ゼラレタル事項
	課長 少将 田口太郎	国防方針
第一課	班長 大佐 大前敏一（終戦時課長）	
第一課 企画班	甲一部員（兼務） 大佐 大前敏一	一、作戦計画 二、国防所要兵力 三、作戦指導ト戦争指導トノ調整
第一課 企画班	甲二部員 中佐 寺井義守	一、作戦計画ノ一部 二、航空ニ関スル事項
第一課 企画班	甲三部員 中佐 山口史郎	一、作戦計画ノ一部 二、海陸協同作戦
第一課 企画班	甲四部員 中佐 宮崎勇	一、作戦計画ノ一部 二、情報 三、作戦資料及兵要地点図
第一課 企画班	甲五部員（兼務）（欠員中）	国防所要兵力ニ関スル事項ノ一部
第一課 企画班	甲六部員（兼務） 中佐 石黒進	作戦計画ノ一部（通信）

第一課

班長（兼務）大佐　柴　勝男

部員	務
乙一部員　中佐　土肥一夫	一、作戦計画ノ一部 二、戦時編制 三、戦力配備綜合計画
乙二部員（兼務）中佐　寺井義守	戦時編制ニ関スル事項ノ一部（航空）
乙三部員（兼務）大佐　鈴木栄二郎	一、作戦計画ノ一部 二、戦時編制ニ関スル事項ノ一部（航空）
乙四部員　中佐　森　幸吉	一、作戦計画ノ一部 二、役務、編制、建制、定員並ニ制度、法規ニ関スル事項 三、戦力配備計画ノ一部（人的戦力配備）
丙一部員　中佐　八塚　清	一、作戦計画ノ一部 二、戦力配備綜合計画ノ一部
丙二部員（兼務）中佐　宮崎　勇	一、作戦計画ノ一部 二、戦力配備綜合計画ノ一部
丙三部員　大佐　鈴木栄二郎	一、作戦計画ノ一部 二、戦力配備計画ノ一部（航空作戦関係） 三、補給綜合計画ノ一部（航空関係）

第一課

総

丙四部員（兼務） 中佐　横山信義	一、補給綜合計画ノ一部（航空作戦基地関係） 二、丙三部員所掌事項ノ一部
丙五部員 中佐　藤森康男	一、作戦計画ノ一部 二、戦力配備計画ノ一部（水上、水中特攻及潜水艦作戦関係） 三、補給綜合計画ノ一部（水上、水中特攻及潜水艦関係）
丙六部員（兼務） 中佐　黒木照男	一、作戦計画ノ一部（防備計画但シ国土防備ヲ除ク） 二、戦力配備計画ノ一部（海面防備関係） 三、補給綜合計画ノ一部（同　右）
丙七部員（兼務） 大佐　阿金一夫	一、作戦計画ノ一部（防備計画但シ国土防備ヲ除ク） 二、戦力配備計画ノ一部（陸上防備関係） 三、補給綜合計画ノ一部（同　右）
丙八部員（兼務） 少佐　太田守	一、戦力配備計画ノ一部（通信関係） 二、補給綜合計画ノ一部（同　右）
丁一部員（兼務） 中佐　八塚清	一、作戦計画ノ一部 二、補給綜合計画 三、補給ト運輸トノ調整ニ関スル事項
丁二部員 少佐　植松盛太郎	一、補給綜合計画ノ一部 二、特種輸送計画

第一課

班	
丁三部員（兼務） 大佐　瓜生総男	補給綜合計画ノ一部（軍需品、燃料、衣糧品）
丁四部員（欠員中）	丁一部員所掌事項ノ一部
戊一部員（欠員中兼務） （中佐　森　幸吉）	一、教育訓練全般ニ関スル事項 二、軍紀風紀ニ関スル事項 三、軍機保護ニ関スル事項 四、艦隊検閲ニ関スル事項 五、参謀長会議ニ関スル事項 六、教範操式ニ関スル事項
戊二部員（兼務） 中佐　藤森康男	一、水雷術、潜水艦戦術及水上水中特攻戦術ニ関スル事項 二、教育訓練ニ関スル事項ノ一部（水雷術、水上水中特攻及潜水艦関係一般）
戊三部員（兼務） 中佐　黒木照男	一、対潜水艦戦術ニ関スル事項 二、教育訓練ニ関スル事項ノ一部（対潜作戦関係）
戊四部員（兼務部員） 大佐　山内英一	一、砲術、砲戦術、化兵戦ニ関スル事項 二、教育訓練ニ関スル事項ノ一部（砲術及化兵戦関係） 三、教範操式ニ関スル事項ノ一部（同右）

第一課	
戊五部員（兼務部員） 中佐　井内四郎	一、水雷術、潜水艦戦術及水上水中特攻戦術ニ関スル事項ノ一部 二、教育訓練ニ関スル事項ノ一部（水雷術、水上水中特攻及潜水艦関係） 三、教範操式ニ関スル事項ノ一部（同右）
戊六部員（兼務） 欠員中代理（出仕） 中佐　能勢省吾	一、艦隊運動程式ニ関スル事項 二、航海術、運用術ニ関スル事項 三、軍機保護ニ関スル事項 四、航海運用教育訓練ニ関スル事項 五、海上交通保護関係教育訓練ニ関スル事項 六、部外教育ニ関スル事項
戊七部員（兼務部員） 中佐　三井謙二	一、航空関係教育訓練ニ関スル事項 二、教範操式ニ関スル事項ノ一部（航空関係）
戊八部員（兼務） 中佐　石黒進	一、通信術ニ関スル事項 二、通信関係教育訓練ニ関スル事項 三、教範操式ニ関スル事項ノ一部（通信関係）
戊九部員（兼務） 大佐　瓜生総男	一、機関術、工作術ニ関スル事項 二、機関関係教育訓練ニ関スル事項 三、教範操式ニ関スル事項ノ一部（機関関係）

第十二課長　大佐　松永敬介

第十二課	
甲部員　中佐　黒木照男	一、作戦計画ノ一部（対潜作戦及国土防備） 二、対潜作戦ニ関スル事項 三、国土海面防備ニ関スル事項 四、戦時編制ニ関スル事項ノ一部（対潜作戦、海上交通保護及国土防備） 五、国防上必要トスル兵力ニ関スル事項ノ一部（同右） 六、艦船部隊ノ派遣、任務行動ニ関スル事項ノ一部（同右）
乙部員　大佐　阿金一夫	一、作戦計画ノ一部（国土防備及防空） 二、国土地上防備及防空ニ関スル事項 三、戒厳及国内防衛ニ関スル事項 四、戦時部外防空指導ニ関スル事項
丙部員　中佐　十川潔	一、作戦計画ノ一部（海上交通保護） 二、海上交通保護ニ関スル事項
丁部員　中佐　奥宮正武	作戦計画ノ一部（対潜航空作戦及国土防空）

戊部員 欠員中代理（出仕） 中佐　能勢省吾	一、作戦計画ノ一部 二、海上交通保護ニ関スル事項ノ一部
己部員（兼務） 少佐　植松盛太郎	海上交通保護ニ関スル事項
庚部員（兼務） 中佐　藤森康男	対潜作戦ニ関スル事項ノ一部

海戦要務令（□内が海戦要務令その他は陸軍諸操典）

綱領

一、軍隊の用は戦闘に在《あ》り。故に凡百の事皆戦闘を以て基準と為すべし。

（戦闘綱領）綱領第一

軍の主とするところは戦闘なり。故に百事皆戦闘を以て基準とすべし。而《しか》して戦闘一般の目的は敵を圧倒殲滅《せんめつ》して迅速に戦捷《せんしょう》を獲得するに在り。

（陸操）総則第一

教練の目的は軍隊を練成して、軍紀を厳正にし、精神を鞏固《きょうこ》ならしめ、併《あわ》せて各種制式及法則に習熟せしめ、以て戦闘の要求に適応せしむるに在り。故に教練を実施するに当たりては、常に思を実戦に致し、軍人の本分を自覚し、崇高《すうこう》なる責任観念に基き誠意奮励するを要す。

（同右）総則第二

戦闘は非常なる困難恪烈《かくれつ》なる情況の下に長時間に亘り実施せらるること多し、これが為教練に於てはたとえ如何なる情況に於ても能《よ》くこれに堪え自若として奮闘し得る不撓《ふとう》の気力と体力との練成に努むるを要す。

（陸操）
（陸軍教育令）　綱領第一
軍隊の用は戦闘に在り、故に百事皆戦闘を以て基準と為すべし。
戦闘一般の目的は敵を圧倒殲滅して速《すみやか》に戦捷を獲得するに在り、而して確固たる軍人精神を基礎とし軍紀至厳にして攻撃精神充溢《じゅういつ》せる軍隊は克《よ》く戦勝を完《まっと》うし得るものとす。
（歩兵操典）　綱領第一
軍の主とするところは戦闘なり、故に百事皆戦闘を以て基準とすべし、而して戦闘一般の目的は敵を圧倒殲滅して迅速に戦捷を獲得するに在り。
（陣中要務令）　綱領第一
軍の主とする所は戦闘なり。故に百事皆戦闘を以て基準とすべし。

二、軍紀は軍隊の生命なり。和諧《わかい》は軍隊の血液なり。軍隊の行動指揮官の意図の如くなるを得るは、一に厳正なる軍紀と同情ある和諧とに因る。故に軍紀は不断の振粛を要し、且《か》つ和気を以て一貫せざるべからず。

（戦綱）　綱領第四
軍紀は軍隊の命脈なり。戦線幾十里に亘り到る処境遇を異にし、且つ諸種の任務を有する幾万の軍隊をして上将帥より下一卒に至るまで脈絡一貫、克く一定の方針に従い、衆心一致の行動に就《つ》かしめ得るもの即ち軍紀なり。而して軍紀の要素は服従にあり。全軍の将卒をして至誠上長に服従し、その命令を確守するを以て第二の天性と成さしむるを要す。

（歩操）綱領第四

同右

（陣要）綱領第二

軍紀は軍の命にして、その張弛《ちょうし》は勝敗の由《よ》りて岐《わか》るる所なり。而して軍紀の要素は服従に在り。故に全軍をして至誠上長に服従し、その命令を確守するを以て第二の天性たらしめ、所謂万人の心をして一人の心の如くならしむるを要す。

（陸教）

（陸操）綱領第二

軍紀は軍隊の命脈なり。上指揮官より下一兵に至るまで脈絡一貫克く一言の方針に従い衆心一致の行動に就かしめ得るもの即ち軍紀なり。而して軍紀の要素は服従にあり。全軍の将士をして至誠上長に服従し、その命令を確守するを以て第二の天性と成さしむるを要す。

（飛行隊教練仮規定）総則第四

飛行術訓練の効果を大ならしめんとするには、常に厳粛なる飛行軍紀を維持し、周到なる注意と適切なる順序方法とを以て誘導するを要す。

飛行軍紀とは飛行に際し命令規定、教範等を厳正確実に実行遵守するを謂《い》う。

（機作教）総則第二

堅忍不抜の精神、強健なる体力は厳粛なる軍紀と共に特に空中任務遂行上欠くべからざる要件なり。

三、兵戦は上下の意志疎通し、協心戮力《りくりょく》以て協同の目的に進むに非《あら》ざれば、その効果顕《あらわ》れず。各級指揮官は常に意をここに存し、能く最高指揮官の意図を知了し、戦局の情勢に通じ、自己の任務を弁《わきま》え以て協同目的の達成に最善の努力を致すを要す。

（戦綱）綱領第七

協同一致は戦闘の目的を達するため極めて重要なり。兵種を論ぜず上下を問わず、戮力協心全軍一体の実を挙げ、始めて戦闘成果を期し得べく、全般の情勢を考察し、各々その職責を重んじ、一意任務の遂行に努力するは、即ち協同一致の趣旨に合するものなり。而して諸兵種の協同は歩兵をしてその目的を達成せしむるを主眼としこれを行なうを本義とす。

（歩操）綱領第七

同右

（陣要）綱領第四

協同一致は戦闘の目的を達するため極めて重要なり。而して兵種を論ぜず、上下を問わず、各々その職責を重んじ、一意任務の遂行に努むるは即ち協同一致の趣旨に合するものとす。然れども戦局の変転に際しては、全般の情勢に稽《かんが》え往々任務の範囲を超越し、断乎たる行動に出て自ら友軍の犠牲たるの覚悟あるを要す。

四、独断専行は情況の変化に応じ、戦機を逸せず、協同の実を挙げる所以なり。然れども これを為《な》すに当たりては、戦務の大局に鑑《かんが》み、上級指揮官の意図に合することに努め擅恣《せんし》に陥《おちい》らざるを要す。

（戦綱）綱領第五

凡《すべ》て兵戦の事たる独断を要するもの頗《すこぶ》る多し。然れども独断はその精神に於ては決して服従と相反するものにあらず。常に上官の意図を明察し大局を判断して状況の変化に応じ、自らその目的を達し得べき最良の方法を選び、以て機宜を倒せざるべからず。

（歩操）　綱領第五

同右

（陣要）綱領第三

命令の実施には独断を要する場合尠《すくな》からず。これ兵戦の事たるその変遷《へんせん》測《はか》り難きものあればなり。故に受令者は常に発令者の意図を忖度《そんたく》し、大局を明察して、情況の変化に応じ、自らその目的を達し得べき最良の方法を選び独断専行以て機会に投ぜざるべからず。

（陸操）総則第三

適切なる協同動作と機宜に適せる独断専行とは戦闘に於て極めて緊要にして、極地戦に於ては特に然りとす。故に教練の実施に際しては陸戦隊の性質に鑑みこれが啓発に努むること緊要なり。

> 五、勇断決行は戦勝を得るの道なり。徒《いたず》らに巧緻を望みて遅疑することあるべからず。

> 六、典則は運用を待って始めてその光彩を発揮す。各級指揮官は宜《よろ》しく機宜に応じてこれを活用すべし。固《もと》より濫《みだり》に典則に乖《そむ》くべからず、またこれに拘泥して実効を誤るべからず。

（戦綱）綱領第十一
戦闘に於ては百事簡単にして且精練なるもの能く成功を期し得べし。典令はこの趣旨に基き、軍隊訓練上主要なる原則法則及制式を示すものにして、これが運用の妙は人に存す。妄《みだり》に典則に乖くべからず。またこれに拘泥することなく常に工夫を積み創意に勉め以てその実効を揚げざるべからず。

（歩操）綱領第十二
同右

（陣要）綱領第八
凡《およ》そ典則は運用を待ちて始めてその光彩を発揮す。而して運用の妙は人に存す。人々宜しく身を以て責に任じ機宜これを活用すべし。

（陸操）綱領第四
陸戦隊は戦闘警備等に当たり複雑困難なる情況に於て各級指揮官の臨機善処を必要とすること屢々《しばしば》なり。故に隊員は機敏にして剛毅周密にして果断、克《よ》く操式教範に通暁しこれが活用を誤らざるの用意あるを要す。

（陸操）綱領第四
同右

【参考】

一、戦勝の要は有形無形上の各種戦闘要素を綜合して敵に優《まさ》る威力を要点に集中発揮せしむるにあり。訓練精到にして必勝の信念堅く軍紀至厳にして攻撃精神充溢せる軍隊は能く物質的威力を凌駕《りょうが》して戦勝を完うし得るものとす。

（戦綱）綱領第二
（歩操）綱領第二

参考文献目録（発行年月日順）

財団法人史料調査会所蔵の戦史資料を主とし、その他次の各出版資料を参照または引用させていただきました。

マカーロフ著『海軍戦術論』明治32年12月・東京水交社刊
仏海軍大佐ジー・ローラン著、海軍大佐佐藤市郎訳『戦略研究序論』昭和4年3月・東京水交社刊
堀内信水『世界的大偉人・佐久間象山』昭和8年12月・不動書房刊
秋山真之会編『提督秋山真之』昭和9年・岩波書店刊
広瀬彦太編『近世帝国海軍史要』昭和13年・財団法人・海軍有終会発行
石原莞爾述『世界最終戦論』昭和15年・立命館大学出版部
佐藤市郎著『海軍五十年史』昭和18年・鱒書房発行
ゼークト著・斉藤栄治訳『モルトケ』―岩波軍事文化叢書―昭和18年・岩波書店刊
マーシャル元帥報告書『勝利の記録』昭和21年8月・マンニチ社出版部刊（Text of the Report General Marshal）
伊藤正徳著『連合艦隊の最後』『大海軍を想う』昭和23年・文藝春秋刊
高木惣吉著『太平洋海戦史』昭和24年・岩波書店刊
ジェームス・A・フィールド著、中野五郎訳『レイテ湾の日本艦隊』昭和24年6月・日本弘報社刊
豊田副武述『最後の帝国海軍』昭和25年・世界の日本社刊
正木千冬訳『アメリカ合衆国戦略爆撃調査団・日本戦争経済の崩壊』昭和25年6月・日本評論社

刊
雑誌『文藝春秋』昭和25年9月・文藝春秋刊
林三郎著『太平洋戦争陸戦概史』昭和26年・岩波書店刊
淵田美津雄、奥宮正武著『ミッドウェー』昭和26年3月・日本出版協同株式会社刊
福留繁著『海軍の反省』昭和26年・日本出版協同株式会社刊
淵田美津雄、奥宮正武著『機動部隊』昭和26年10月・日本出版協同株式会社刊
吉田満著『戦艦大和の最後』昭和27年・創元社刊
冨永謙吾著『大本営発表――海軍篇』昭和27年6月・青潮社刊
服部卓四郎著『大東亜戦争全史（全四巻）』昭和28年・鱒書房刊
大井篤著『海上護衛戦』昭和28年・興洋社刊
ロバート・A・シオボールド著、中野五郎訳『真珠湾の審判』昭和29年・講談社刊
ハーバート・ファイス著、大窪愿二訳『真珠湾への道』昭和31年・みすず書房刊
福井静夫著『日本の軍艦』昭和31年8月・出版協同社刊
林克也著『日本軍事技術史』昭和32年・青木書房刊
日本外交学会編・植田捷雄監修『太平洋戦争終結論・第三部（本橋正執筆の項）』昭和33年2月・東京大学出版会発行
草鹿任一著『ラバウル戦線異状なし―我等かく生きかく戦えり』昭和33年7月10日・光和堂刊
雑誌『丸』昭和33年10月・潮書房刊
石川信吾著『真珠湾までの経緯』昭和35年・時事通信社刊

源田実著『海軍航空隊始末記』昭和37年・文藝春秋新社刊
UNITED STATES NAVAL INSTITUTE PROCEEDINGS（March, 1964）
吉田俊雄著『海軍式経営学』昭和39年・文藝春秋新社刊
小林計一郎著『物語藩史第三巻』昭和39年12月・人物往来社刊
毎日新聞社訳・編『太平洋戦争秘史――米戦時指導者の回想（ヘンリー・スチムソン、コーデル・ハル、サムナー・ウエルズ、ウィリアム・レーヒ、アーネスト・キング、ウィリアム・ハルゼー、ジェームス・バーンズ）』昭和40年・毎日新聞社刊
松代小学校編『松代学校人物伝』昭和40年刊
阿川弘之『山本五十六』昭和40年・新潮社刊
外務省編纂『日本外交年表並重要文書』〈明治百年史叢書〉昭和41年1月・原書房刊
池島信平編『歴史よもやま話・日本編・下』昭和41年8月・文藝春秋刊
C・W・ニミッツ、E・B・ポッター共著『ニミッツの太平洋海戦史』実松譲、冨永謙吾共訳・昭和41年・恒文社刊
ゴードン・W・プランゲ著『トラトラトラ（真珠湾奇襲秘話）』昭和41年10月・日本リーダーズ・ダイジェスト社刊
稲葉正夫編『現代史資料37―大本営』昭和42年3月・みすず書房刊
小柳冨次『日本海軍の回想とアメリカ海戦史の批判』昭和42年・非売品
防衛庁防衛研修所、戦史室編、戦史叢書『ハワイ作戦』『大本営陸軍部』昭和42年12月・朝雲新聞社刊

『極東国際軍事裁判速記録』昭和43年1月・雄松堂書店刊
宇垣纏著『戦藻録』昭和43年1月・原書房刊

解説――富岡定俊と太平洋戦争

戸髙一成

昭和十六（一九四一）年十二月に、日本海軍の真珠湾奇襲攻撃に始まった太平洋戦争の開戦と、混乱のうちに迎えた終戦の両方に関して、富岡定俊《とみおかさだとし》ほど深くかかわった人物はいない。

本書『開戦と終戦』は、昭和四十三年に毎日新聞社から発行されたもので、富岡の参謀体験を主に書かれたものである。同時に海軍作戦の中心であった軍令部一部の内実を記録した貴重な資料となっている。本書は、基本的に毎日新聞に連載された富岡の談話を、毎日新聞記者の田畑正美が纏めたものである。田畑は国連軍の記者として朝鮮戦争に従軍したこともあり、軍事評論家としても一家言あり、富岡が理事を務めた史料調査会のメンバーでもあった。富岡としても安心して話せる相手であった。従って、富岡にとっても構成内容共に満足のゆく本であったようである。

富岡は、この後、昭和四十五年に木戸日記研究会のヒアリングを受けている。これは七回にわたって、数名の研究者の質問に答える形で海軍での経歴が語られたが、十二月五日、第七回に開戦からミッドウェーまでを話し、最後に、次回は第二段作戦以降に関して、もう一回お話を伺いたいということで終わった。富岡は、その二日後の七日未明、書斎で読みかけの本と、予定表を前にして椅子に座ったままの姿で静かにこの世を去った。翌年、富岡を偲《しの》んで、伝記、談話記録、講演記録、関係者の追想などを纏めた『太平洋戦争と富岡定俊』（昭和四十六年、史料調査会）が刊行されたが、富岡自身による終戦前後の体験の少なくない部分が、語られないままになったことは残念なことと言わねばならない。

本書は、太平洋戦争期の日本海軍において、軍令部一部（作戦）担当者の記録として貴重な記録であるが、さらに理解を助けるために、若干の説明を加えてみたい。

富岡は、昭和十五年十月七日に軍令部一部一課長となった。軍令部一部は、海軍作戦全般を担当する部署であり、一課長はその中心的役割を担う配置である。富岡はこうして、対米戦争準備のために作戦課に着任したような形になり、以後第一段作戦の指導を行うが、昭和十八年一月二十日に「大淀《おおよど》」艦長として転出。以後南東方面艦隊参謀長などを歴任し、昭和十九年十二月五日、万策尽き、連戦連敗のような状況の中、軍令部一部長として、海軍作戦の中心に戻り、海軍の終焉を看取《みと》ることになるのである。

そもそも、富岡が開戦直前の一課長になったのには、海軍側の事情がある。富岡の回想によれば、富岡は昭和十四年の十月に、第二艦隊参謀から連合艦隊の主席（先任）参謀になることが内示されていたと言う。しかし、当時富岡は糖尿病を悪化させていて、艦隊での勤務が困難と判断され、連合艦隊先任参謀の予定は変更されて、海軍大学校の教官（戦略担当）になった。この時、海軍大学校の教官から富岡の代わりに連合艦隊の主席参謀に行ったのが、黒島亀人《くろしまかめと》なのである。ちなみに、黒島は以後、連合艦隊司令部を混乱させ、同時に軍令部との協調を阻害することとなったことを考えると、人事の難しさを思わざるを得ない。

富岡が海軍大学校の教官を務めていた昭和十五年九月、日独伊同盟が締結されたが、当時一課長の中澤佑《なかざわたすく》は、このような軍事同盟下では対米戦争必至であり、現状ではとても対米作戦は立てられないとして辞任を求め、「足柄《あしがら》」艦長に転出してしまった。この後任がなかなか決まらなかった。本来海兵のクラスから言えば、四三期の中澤の後は、四四期がふさわしい。四四期では、軍令部勤務の経験もあり、戦術眼のある人物と見なされていた松田千秋《まつだちあき》が適任と思われたが、松田は、中澤の辞任の直前に、陸海軍合同の総力戦研究所に出たばかりであったので、対象から外された。次いで四五期の中村勝平《なかむらかつへい》、岡田為次《おかだためつぐ》、富岡が候補にあがった。筆者は、かつて中村と親交のあった五一期の大井篤《おおいあつし》氏に、富岡さんは、クラスヘッドがなるべきと主張されたと聞きますが、なぜクラスヘッドの中村が一課長にならなかったのでしょうか、と聞いたところ、大井氏は、「中村はね中澤さんと同じで、今はアメリカとは戦争できません、という立場だったからね」との話だった。次《つ》いで、では岡田さんはどうなのですか、と聞くと、「岡田は軍令部二課長だったから、そのまま一課長になれば問題は無いのだが、岡田は我《が》が強くて協調性に問題がある、まあ前線指揮官向きなんだ、第一陸軍が嫌いでね、陸軍とは折り合いが悪いからね、喧嘩するよ」と話された。このために、戦略戦術に対する見識が高いことが必要で、かつ陸軍と協調しなければならない場面の多い一課長には、温厚な人物が良い、ということで、海軍大学校で対米戦争の研究をしていた富岡に決まったのである。つまり、海軍は、対米戦争に消極的な人物や、陸軍と折り合いの悪い人物を避けて、作戦立案の能力が高く、かつ陸軍と衝突しない温厚な人物として富岡を選んだということになる。富岡自身は、自分は一課長には向いていないとして、かなり強く辞退したようだが、結局上記のような事情で一課長を受けることとなったのである。

　富岡は、相当に困惑しながら着任したようであるが、軍令部の中は、すでに対米衝突は避け難いという空気があったようで、帝国国防方針を基に、海軍の作戦を、戦争の理念から考えようとしていた富岡に対して、軍令部の雰囲気は、「大佐風情が何を言うか」というものだったとしている。（八一ページ）

　そして、富岡の着任からわずか一か月後の昭和十五年十一月十五日、大本営海軍部は、出師《すいし》準備第一作業の着手を命じた。出師準備は、海軍の臨戦準備であり、陸軍の動員に対応する作業である。特に海軍の出師準備は、艦艇建造の推進、民間船の徴用、さらに艦隊の主要艦船に対する防御対策工事の実施など、一旦《いったん》発動されれば、事実上臨戦態勢となり、簡単には元には戻すことの困難な作業なのである。しかし、この第一着手の発動は、極めて曖昧な軍備増強程度の形式で発令されたものであった。戦史叢書第二巻『比島攻略作戦』（朝雲新聞社）において、この海軍の出師準備を、「何ら対米戦の決意もなく発動された」とその発動に疑問を呈《てい》している。しかし、実のところ、この瞬間、海軍は対米戦争を決意していたと考えるべきなのではないのだろうか。富岡自身も、出師準備は「戦争を決意しない限り発動できない」（『太平洋戦争と富岡定俊』）としていたほどなのである。海軍の出師準備は非常に時間がかかるものであり、政府の開戦決意を受けて発動していては、とても現実の作戦には間に合わないことを、一番よく知っていたのが海軍そのものだったからである。

富岡は、まさに海軍が対米戦争に対して後戻りできない出師準備の発動から、作戦課長として係わった。以後海軍は、遠からず対米戦争必至という前提で動き出すのである。その表れは、富岡が軍令部一課長に転出した後に、次々に兵力増強策を実施していることから明らかである。昭和十五年十一月十五日には、潜水艦部隊である第六艦隊を編成、その後昭和十六年八月までに、一旦解隊していた第三艦隊を復活、第五艦隊、南遣艦隊、第一航空艦隊、第十一航空艦隊と、立て続けに艦隊を編成した。さらに六三万総トンの船船を徴用し、一気に戦備を充実させていたのである。これらは、対米交渉とは全く無関係に推進されていた。次いで、昭和十六年九月一日には、昭和十六年度の艦隊編制を戦時編制としたのである。この時点で海軍は、開戦の命令を待つばかりの体制になったのである。

このような状況の中での富岡の作戦構想はどのようなものであったかと言えば、基本的には軍令部伝統の米主力艦隊との決戦であり、日米戦争においては、南方資源地帯を確保し、来攻する米主力艦隊に対して決戦を挑む、というシンプルなものであった。これらの作業計画には、当然富岡が大きく関わっていた。富岡にとっては、開戦するかしないかは政府の権限であり、作戦課は、万一の事態に万全の対応をするという立場であった。

これをよく表しているのが、昭和十六年十月か十一月頃とされる時期に、岡敬純《おかたかずみ》軍務局長が富岡に、「おい、どうだ。開戦期日を十七年の三月まで延ばせんか」と相談を持ち掛けたさい、富岡は「戦争をするかしないかは政府の決めることですが、作戦課としては絶対に来年三月では〝いくさ〟ができません」と答えている（六六ページ）。富岡は、このような発言から、一面早期開戦を主張したとされ、開戦強硬派とみなされることもあるが、この富岡の発言は、純粋に戦術上の問題で、開戦時期が遅れれば、日米の戦力に大きく差が付き、また艦隊用の燃料の備蓄の減少から、海軍の戦闘能力が低下するという見解を述べたに過ぎないのである。

また、本書の中で富岡の考えが端的に表れている発言として注目すべきは、ハワイ攻撃作戦についてである。一般には、ハワイ作戦は山本五十六《やまもといそろく》連合艦隊司令長官が強硬に実施を主張したが、軍令部は反対であった。とされているが、富岡は、「軍令部がハワイ作戦に最後まで反対し、連合艦隊側と激突したようにも書かれているが、それは真相ではない。軍令部はハワイ作戦そのもののプリンシプル（原則／引用者註）に反対したのではなく、ハワイ作戦に投入する兵力量の問題で意見を異にしたのである」（八九ページ）と述べている。富岡は、「ハワイ作戦に、トラの子の空母六隻を全力投入することには反対していたので、空母三隻ぐらいならすぐＯＫを出したのである」とし、「黒島参謀は、私との折衝のテクニックのためか、『連合艦隊案が通らなければ山本司令長官は辞職される』とまで言っていたが、私は山本司令長官の進退と、戦略、戦術とは別事であると思っていたし、また山本さんが辞職されるなどということも考えてはいなかった」（八九〜九〇）と述べている。実際、軍令部もハワイ作戦に空母四隻、南方作戦に空母二隻という折衷案を検討してはいたが、山本長官の空母六隻全力投入という主張には、軍令部は困惑していたのである。これなどは、よく軍令部と連合艦隊が激しく対立していたように言われることの多いハワイ作戦決定経緯の認識を見直すことを求めている発言である。

このハワイ作戦と、続いてマレー沖海戦は、まさに快勝と言ってよい結果であり、海軍部内を有頂天にさせた。開戦に懐疑的、あるいは反対であった者さえ、あるいは、と戦争の終末を楽観的に思ったほどであったが、わずか半年後のミッドウエー作戦の敗退によって、海軍の作戦は以後ことごとく後手に回り、昭和十八年のガダルカナル撤退以降、戦勢挽回の望みは遠くなっていくことになる。

本書では、この時期に当たる部分に、「海軍参謀」という章題の文章が挿入されているが、これは本書の中でも重要な部分と言える。元来軍令部とは、軍令部総長、軍令部参謀を含め、広い意味における天皇の参謀という立場である。そして、この参謀という立場が、陸軍と海軍とでは大きく異なっている。陸軍の参謀が、時として指揮統率権を持つことに対して、海軍の参謀は、徹底して長官のアシスタントであり、全く指揮命令権を持たないことが特色となっている。

簡単に言えば、軍令部総長は、天皇のスタッフであり、天皇の発する作戦に関わる統帥《とうすい》事項を、各艦隊に対して、指導伝達することが任務であるということなのである。つまり、軍令部は、総長以下、統帥事項に関しては何らの責任も無いということになる。無論作戦の大要を起案するのは軍令部であるが、命令者は天皇なのである。天皇の命令は「大海《だいかい》令《れい》」として各艦隊に示される。「大海令」が奉勅命令と言われる理由である。軍令部は、この「大海令」に、具体的な指示を「大海指」として加えることになる。この「大海令」は、極めて大きな方針を示すのみで、これを受けた艦隊司令部は、「大海令」の趣旨を実施するために、「大海指」に従って戦術的な作戦を立てるわけである。

本書では、「大本営（海軍部／引用者註）参謀は天皇の裁可された命令を伝達するが、裁下された命令内で細部を指示すること――つまり説明はできるが、命令することはできないようになっていた。艦隊参謀も艦隊司令長官つまり指揮官の命令を伝達することはできるが、参謀長といえども命令を出すことはできなかった」（一五〇ページ）と述べて、参謀というものの職責の限界を説明している。このような、軍令部と参謀に関する具体的な記述をした文献は比較的少ない。ちなみに、時折「大海令」を大本営海軍部命令の略である、とする向きもあるが、これは「大海令」が正式な名称で、略語ではない。

これは、海軍の統帥、統率というものを考える時の重要なポイントである。このような制度が、参謀の意識の中に、個人的な責任感が薄くなる原因があったのではないかと思われる。あらゆる作戦において、どのように失敗しようとも、参謀は命令していないから、責任も無い。また責任があるとしても、それは軍令部という組織にあるのであって、個人に問われる責任は無いのである。このような意識が参謀という立場の人間にあったことは事実である。無論、中には自分自身の責任を深く感じている人物もいるが、制度として責任が無いことに変わりはない。これの一番の例が、最後の軍令部総長であった豊田副武《とよだそえむ》が、東京裁判で無罪になった事実であろう。責任がないのだから罪を問われることも無いのである。

次いで、富岡は昭和十八年一月二十日に、「大淀」艦長に補された。富岡は、「海軍に職を奉じて三十年（海軍兵学校生徒を拝命したのが大正三年九月十日）私は『大淀』の艦長になれたことに無上の喜びを味わったのである」（一八三ページ）と、その感激を語ったが、同年九月一日には、ラバウルの南東方面艦隊参謀副長となり、十九年四月六日には同艦隊の参謀長となった。ラバウルでは、籠城戦を考えて、現地自活に力を入れていたが、昭和十九年十一月七日、内地に呼び戻され、十二月五日、開戦時と同じ軍令部一部に、今度は部長として戻ることになった。しかし、海軍は捷《しょう》一号作戦（レイテ沖海戦）に完敗し、事実上水上部隊が失われた時期に作戦部長になったところで、「我に策たたず」（一九八ページ）が本音であった。従って、昭和二十年に入ると、大臣、総長とともに、和平工作を研究するようになったが、何ら具体的な成果を得ないままにポツダム宣言の受諾を迎えることになった。

当時、富岡をはじめ、日本国にとって最大の懸案は、国体の護持に関する問題であった。言うまでもなく、国体の護持はポツダム宣言受諾の条件と考えていたが、八月十四日の午後、富岡は判断に迷うことがあり、部下の土肥一夫《どひかずお》と宮崎勇《みやざきいさむ》の両軍令部参謀を、本郷西方の平泉澄《ひらいずみきよし》の自宅に向かわせた。富岡は、ポツダム宣言はすでに受諾し、同時に連合軍は天皇制の国体を認めるものと希望的観測をしてはいるが、現実にはどうなるのか何の保証もない。富岡は、最悪の場合を想定して、この二名に、「平泉先生に、何をもって国体が護持されたと言えるのか、聞いて来て欲しい」と伝えたのである。

平泉は東京帝大教授でいわゆる皇国史観の重鎮である。軍令部参謀の突然の訪問に驚いた平泉も、富岡の意向を聞き、「海軍はそこまで考えていますか」と感激し、問題の国体については、「国体とは三種の神器の継承行為そのものであります」と言ったのである。土肥の報告を聞いた富岡は、ほっとした顔つきだったと、筆者に対して土肥は回想している。

富岡は、軍令部一部長としての最後の仕事を、国体護持と認識していたようで、土肥の報告により、天皇陛下に万一のことが有っても、然るべき皇族に三種の神器を継承させることが出来れば、国体は護持されたといえる、との判断から、高松宮宣仁《のぶひと》親王などと相談の上で、連合軍の対日政策が明らかになるまで、源田実《げんだみのる》を中心に秘密組織を作り、選ばれた皇族を秘かにかくまう計画を立てたのである。作戦準備は実施されたが、昭和二十二年には連合軍が天皇と皇室を維持することが確認されたので、この作戦の終了を源田に伝えたが、末端まで連絡がつかず、一部の関係者はその後も任務に就いているとの意識を持っていることが判《わか》ったために、昭和五十六年一月七日、生存関係者一八名が東郷神社に集合し、源田からこの秘密作戦の終結を正式に告げた。富岡は昭和四十五年に亡くなっていたが、この時富岡の立てた作戦の全てが終了したのである。

話は終戦時にさかのぼるが、富岡は終戦直後、海軍大臣であった米内光政《よないみつまさ》から、この度の敗戦で海軍は消滅するが、その歴史には、後世に残すべきものも少なくない、として、富岡に海軍の歴史を残すことを託した。富岡は、終戦直後の十月一日、大東亜戦争海軍戦史編纂のために、作戦関係資料蒐集委員幹事長の命を受けたが、海軍省の廃止によって作業は中断し、十二月一日に改めて海軍省を継承した第二復員省史実調査部部長の辞令を受けたが、これは第二復員省の組織縮小に伴い廃止された。以後富岡は、昭和二十一年に文部省の財団法人として設立された文化復興財団法人史料調査会、後に財団法人史料調査会の理事として、改めて海軍史の調査と、世界の軍事情勢の調査研究事業を継続することとなった。以後、富岡は未来学と称する研究に力を入れ、自身の海軍での経歴については多くを語ることなかった。

このような体験をした富岡が、その体験を語った本書『開戦と終戦』が極めて貴重な記録であることは多言を要しない、しかし、当然ながら、本書が富岡の経験の全てではない。開戦と終戦という、未曽有《みぞう》の国家的事件とも言うべき現場に立ち会った富岡には、語るべき多くの事柄と、自身の口からは言えないことも多かったと見るべきである。

本書が刊行され、富岡から先輩、友人に寄贈された。これに対して、安岡正篤《やすおかまさあつ》、中村勝平など二〇名ほどから礼状が来たが、駐独武官としてドイツで終戦を迎えた小島秀雄《こじまひでお》は、礼を述べたうえで、開戦前後の経緯に触れ、「私は、今度の戦争は、あの時機では不可避と今でも考えており、貴兄の活動された事は立派であり、よくもあれだけやれたと思います、しかし、真珠湾攻撃は果たしてよかったのかどうか、これは貴兄の本当の腹が知りたいと思います」と、まだ富岡が言うべきことが残っていることを、貴兄の本当の腹が知りたい、との言葉で表していた。

富岡家は定俊の祖父以来、長男の定博《さだひろ》まで四代が皆海軍に関わっていた。筆者は富岡が理事を務めていた財団法人史料調査会（解散）の最初で最後の戦後生まれの理事であったが、同時期に理事であった富岡の長男である富岡定博、軍令部で富岡の部下であった土肥一夫などから、富岡定俊の話を時折聞いた。

富岡定俊は、性格の温厚さのために、開戦前後の厳しい状況の中で、自分の意見を強引に押し通すことが出来なかったのであろう。この性格が終戦後、昭和二十年九月二日の戦艦ミズーリでの海軍代表としての参列にも見える。本来ならば軍令部総長か次長が出るべきなのだが、いずれも敗戦の調印などには出たくない、と参列を拒み、結局「作戦に負けたのだから作戦部長行け」（二二九ページ）と言われて、断り切れないのである。日本海軍が育て上げたエリート参謀の弱さだったと見るべきかもしれない。

（とだか・かずしげ／呉市海事歴史科学館館長）

本書は『開戦と終戦　人と機構と計画』（一九六八年六月、毎日新聞社刊）を改題したものです。

本文中、今日の歴史・人権意識に照らして不適切な語句や表現がありますが、テーマや著者が物故していることに鑑み、原文のままとしました。

中公文庫

開戦《かいせん》と終戦《しゅうせん》
——帝国《ていこく》海軍《かいぐん》作戦《さくせん》部長《ぶちょう》の手記《しゅき》

2018年7月25日　初版発行

著　者　富《とみ》岡《おか》定《さだ》俊《とし》

発行者　松田陽三

発行所　中央公論新社
〒100-8152　東京都千代田区大手町1-7-1
電話　販売 03-5299-1730　編集 03-5299-1890
URL http://www.chuko.co.jp/

ＤＴＰ　嵐下英治
印　刷　三晃印刷
製　本　小泉製本

Published by CHUOKORON-SHINSHA, INC.
Printed in Japan　ISBN978-4-12-206613-7 C1121

各書目の下段の数字はISBNコードです。978-4-12が省略してあります。

中公文庫既刊より

あ-82-1
昭和動乱の真相　安倍源基
警視庁初代特高課長であり、終戦内閣の内務大臣を務めた著者が、五・一五、二・二六、リンチ共産党事件、日米開戦など「昭和」の裏面を語る。〈解説〉黒澤　良
206231-3

い-10-2
外交官の一生　石射猪太郎
日中戦争勃発時、東亜局長として軍部の専横に抗し、戦争終結への道を求め続けた著者が自らの日記をもとに綴った第一級の外交記録。〈解説〉加藤陽子
206160-6

い-61-2
最終戦争論　石原莞爾
戦争術発達の極点に絶対平和が到来する。戦史研究と日蓮信仰を背景にした石原莞爾の特異な予見は、日本を満州事変へと駆り立てた。〈解説〉松本健一
203898-1

い-61-3
戦争史大観　石原莞爾
使命感過多なナショナリストの魂と冷徹なリアリストの眼をもつ石原莞爾。真骨頂を示す軍事学論・戦争史観・思索史的自叙伝を収録。〈解説〉佐高　信
204013-7

い-108-1
昭和16年夏の敗戦　猪瀬直樹
開戦直前の夏、若手エリートで構成された模擬内閣が出した結論は〈日本必敗〉だった。だが……。知られざる秘話から日本の意思決定のあり様を探る。
205330-4

い-108-4
天皇の影法師　猪瀬直樹
天皇崩御そして代替わり。その時何が起こるのか。天皇という日本独自のシステムを〈元号〉を突破口に徹底取材。著者の処女作、待望の復刊。〈解説〉網野善彦
205631-2

お-19-2
岡田啓介回顧録　岡田啓介　岡田貞寛 編
日清・日露戦争に従軍し、条約派として軍縮を推進、二・二六事件で襲撃され、戦争末期に和平工作に従事した海軍高官が語る大日本帝国の興亡。〈解説〉戸高一成
206074-6

き-46-1
組織の不条理 日本軍の失敗に学ぶ
菊澤研宗
個人は優秀なのに、組織としてはなぜ不条理な事をやってしまうのか？ 日本軍の戦略を新たな経済学理論で分析、現代日本にも見られる病理を追究する。
206391-4

き-42-1
日本改造法案大綱
北一輝
軍部のクーデター、そして戒厳令下での国家改造シナリオを提示し、二・二六事件を起こした青年将校たちの理論的支柱となった危険な書。〈解説〉嘉戸一将
206044-9

き-43-1
ノモンハン 元満州国外交官の証言
北川四郎
満州国とモンゴルの国境をめぐり日ソ両軍が激突、双方2万前後の死傷者を出したノモンハン事件を、戦後の国境線画定交渉に参加した著者が綴る。〈解説〉田中克彦
206145-3

き-13-2
秘録 東京裁判
清瀬一郎
弁護団の中心人物であった著者が、文明の名のもとに行われた戦争裁判の実態を活写する迫真のドキュメント。ポツダム宣言と玉音放送の全文を収録。
204062-5

こ-8-17
東京裁判（上）
児島襄
昭和二十一年五月三日、二年余、三七〇回に及ぶ極東国際軍事裁判は開廷した。厖大な資料と、関係諸国・関係者への取材で、劇的全容を解明する。
204837-9

こ-8-18
東京裁判（下）
児島襄
七人の絞首刑を含む被告二十五人全員有罪という苛酷な判決。「文明」の名によって戦争を裁いた東京裁判とは何であったのか。〈解説〉日暮吉延
204838-6

レ-4-1
東京裁判とその後 ある平和家の回想
B・V・A・レーリンク
A・カッセーゼ編／序
小菅信子訳
東京裁判判決に反対意見を表明したオランダ判事・レーリンクによる証言。裁判の問題点と歴史的意義を明らかにした基本史料。待望の新訳。〈解説〉大沼保昭
205232-1

こ-19-2
最後の御前会議／戦後欧米見聞録 近衛文麿手記集成
近衛文麿
27歳で発表した「英米本意の平和主義を排す」から死の直後に刊行された回想まで、青年宰相と持てはやされた男の思想と軌跡を綴った六篇を収録。〈解説〉井上寿一
206146-0

各書目の下段の数字はISBNコードです。978 ‐ 4 ‐ 12が省略してあります。

さ-4-2
回顧七十年　斎藤　隆夫
陸軍を中心とする革新派が台頭する昭和十年代、「粛軍演説」等で「現状維持」を訴え、除名されても信念を曲げなかった議会政治家の自伝。〈解説〉伊藤　隆
206013-5

し-45-1
外交回想録　重光　葵
駐ソ・駐英大使等として第二次大戦への日本参戦を阻止するべく心血を注ぐが果たせず。日米開戦直前まで約三十年の貴重な日本外交の記録。〈解説〉筒井清忠
205515-5

し-5-2
外交五十年　幣原喜重郎
戦前、「幣原外交」とよばれる国際協調政策を推進した外交官であり、戦後、新憲法に軍備放棄を盛り込むことを進言した総理が綴る外交秘史。〈解説〉筒井清忠
206109-5

す-10-2
占領秘録　住本　利男
日本史上空前の被占領、激動の日々を現場責任者たちが語る。天皇制、復員、東京裁判、アジア諸国からの亡命者たちなど興味津々の三十話。〈解説〉増田　弘
205979-5

そ-2-4
マッカーサーの二千日　袖井林二郎
日本の〈戦後〉を作った男の謎に満ちた個性と、五年八ヶ月に及ぶ支配の構造を、豊富な資料を駆使して描いた力作評伝。毎日出版文化賞受賞。〈解説〉福永文夫
206143-9

た-73-1
沖縄の島守　内務官僚かく戦えり　田村　洋三
四人に一人が死んだ沖縄戦。県民の犠牲を最小限に止めるべく命がけで戦い殉職し、今もなお「島守の神」として尊敬される二人の官僚がいた。〈解説〉湯川　豊
204714-3

た-73-2
彷徨える英霊たち　戦争の怪異譚　田村　洋三
海外で戦死した日本軍人・軍属約二三〇万人のうち、半数近くが帰国できていない。祖国への帰還を果たせなかった魂たちが愛する家族に届けた五〇の「英霊の声」。
206149-1

た-73-3
特攻に殉ず　地方気象台の沖縄戦　田村　洋三
航空特攻作戦という「邪道の用兵」を、米軍の猛攻にさらされつつ、的確な気象情報提供で黙々とアシストした沖縄地方気象台職員たち。厳粛な人間ドラマ。
206267-2

と-28-1
夢声戦争日記抄 敗戦の記
徳川夢声
活動写真弁士を皮切りに漫談家、俳優としてテレビ・ラジオで活躍したマルチ人間、徳川夢声が太平洋戦争中に綴った貴重な日録。〈解説〉水木しげる
203921-6

と-28-2
夢声戦中日記
徳川夢声
花形弁士から映画俳優に転じ、子役時代の高峰秀子らと共演した名優が、真珠湾攻撃から東京大空襲に到る三年半の日々を克明に綴った記録。〈解説〉濵田研吾
206154-5

と-18-1
失敗の本質 日本軍の組織論的研究
戸部良一／寺本義也／鎌田伸一／杉之尾孝生／村井友秀／野中郁次郎
大東亜戦争での諸作戦の失敗を、組織としての日本軍の失敗ととらえ直し、これを現代の組織一般にとっての教訓とした戦史の初めての社会科学的分析。
201833-4

と-31-1
大本営発表の真相史 元報道部員の証言
冨永謙吾
「虚報」の代名詞として使われ、非難と嘲笑を受け続ける大本営発表。その舞台裏を、当事者だった著者が関係資料を駆使して分析する。〈解説〉辻田真佐憲
206410-2

と-32-1
最後の帝国海軍 軍令部総長の証言
豊田副武《そえむ》
山本五十六戦死後に連合艦隊司令長官をつとめ、最後の軍令部総長として沖縄作戦を命令した海軍大将が残した手記、67年ぶりの復刊。〈解説〉戸高一成
206436-2

の-16-1
慟哭の海 戦艦大和死闘の記録
能村次郎
世界最強を誇った帝国海軍の軍艦は、太平洋戦争を通じてわずか二度目の出撃で轟沈した。生還した大和副長が生々しく綴った手記。〈解説〉戸高一成
206400-3

は-36-12
決定版 日本人捕虜（上） 白村江からシベリア抑留まで
秦郁彦
膨大な文献渉猟と収容所等の現地調査、元捕虜や遺族への聞き取りを重ねたうえで、感情論に流されない冷厳な視点から日本人捕虜の実像を活写した名著。
205986-3

は-36-13
決定版 日本人捕虜（下） 白村江からシベリア抑留まで
秦郁彦
丹念な調査をもとに緻密な叙述を行った旧版の刊行後、新たに得た情報より補正を加えた決定版。長年に亘る史家の努力がここに結晶。〈解説〉稲葉千晴
205987-0

各書目の下段の数字はISBNコードです。978－4－12が省略してあります。

ま-11-4
上海時代（上）ジャーナリストの回想 松本重治
満州事変、第一次上海事変の後、中国の抗日活動が盛んになる最中、聯合通信支局長として上海に渡った著者が、取材報道のかたわら和平実現に尽力した記録。
206132-3

ま-11-5
上海時代（下）ジャーナリストの回想 松本重治
抗日テロが相次ぐなか、西安事件を経て、ついに蘆溝橋で日中両軍が衝突、両国の和平への努力にも拘わらず戦火は拡大していく。〈解説〉加藤陽子
206133-0

や-59-1
沖縄決戦 高級参謀の手記 八原博通
戦没者は軍人・民間人合わせて約20万人。壮絶な沖縄戦の全貌を、第三十二軍司令部唯一の生き残りである著者が余さず綴った渾身の記録。〈解説〉戸部良一
206118-7

よ-24-8
回想十年（上） 吉田茂
政界を引退してまもなく池田勇人や佐藤栄作らを相手に語った回想。戦後政治の内幕を述べつつ日本が進むべき「保守本流」を訴える。〈解説〉井上寿一
206046-3

よ-24-9
回想十年（中） 吉田茂
吉田茂が語った「戦後日本の形成」。中巻では、自衛隊創立、農地改革、食糧事情そしてサンフランシスコ講和条約締結の顚末等を振り返る。〈解説〉井上寿一
206057-9

よ-24-10
回想十年（下） 吉田茂
戦後日本はどのように復興していったのか。下巻では、ドッジライン、朝鮮戦争特需、三度の行政整理など、主に内政面から振り返る。〈解説〉井上寿一
206070-8

よ-24-7
日本を決定した百年 附・思出す侭 吉田茂
偉大なるわがままと楽天性に満ちた元首相の個性が描き出した近代史。世界各国に反響をまき起した名篇が文庫にて甦る。単行本初収録の回想記を付す。
203554-6

よ-24-11
大磯随想・世界と日本 吉田茂
政界を引退したワンマン宰相が、日本政治の「貧困」を憂いつつ未来への希望をこめ、その政治思想を余すことなく語りつくしたエッセイ。〈解説〉井上寿一
206119-4

S-24-1
日本の近代1
開国・維新
1853～1871
松本健一
太平の眠りから目覚めさせられた日本は否応なしに開国、そして近代国家への道を踏み出していく。黒船来航に始まる十五年の動乱、勇気と英知の物語。
205661-9

S-24-2
日本の近代2
明治国家の建設
1871～1890
坂本多加雄
近代化に踏み出した明治政府を待ち受けていたのは、一揆、士族反乱、そして自由民権運動といった試練であった。廃藩置県から憲法制定までを描く。
205702-9

S-24-3
日本の近代3
明治国家の完成
1890～1905
御厨貴
明治憲法制定・帝国議会開設と近代国家へのスタートを切った日本は、内に議会と藩閥の抗争、外には日清・日露の両戦争と、多くの試練にさらされる。
205740-1

S-24-4
日本の近代4
「国際化」の中の帝国日本　1905～1924
有馬学
「日露戦後」の時代。偉大な明治が去り、関東大震災がおき、帝国日本は模索しながらどこへむかおうとしたのか。大正デモクラシーの出発点をさぐる。
205776-0

S-24-5
日本の近代5
政党から軍部へ
1924～1941
北岡伸一
政治の腐敗、軍部の擡頭。時代は非常時から戦時へと移っていく。しかし、社会が育んだ自由な精神文化は戦後復興の礎となった。昭和戦前史の決定版。
205807-1

S-24-6
日本の近代6
戦争・占領・講和
1941～1955
五百旗頭真
日本はなぜ対米戦争に踏み切り、敗戦をどう受け入れたのか。国内政治の弱さを内包したまま戦後再生し、冷戦下で経済大国となった日本の政治の有様は。
205844-6

S-24-7
日本の近代7
経済成長の果実
1955～1972
猪木武徳
一九五五年、日本は「経済大国」への軌道を走り出す。日本人は何を得、何を失ったのか。高度経済成長期を現在の視点から遠近感をつけて立体的に再構成する。
205886-6

S-24-8
日本の近代8
大国日本の揺らぎ
1972～
渡邉昭夫
沖縄の本土復帰で「戦後」を終わらせた日本だが、石油危機、狂乱物価、日米貿易摩擦など、内外の試練をうけ続ける。経済大国の地位を築いた日本の行方。
205915-3

各書目の下段の数字はＩＳＢＮコードです。978－4－12が省略してあります。

S-25-1
シリーズ日本の近代
逆説の軍隊
戸部良一

近代国家においてもっとも合理的・機能的な組織であるはずの軍隊が、日本ではなぜ〈反近代の権化〉となったのか。その変容過程を解明する。

205672-5

S-25-2
シリーズ日本の近代
都市へ
鈴木博之

西欧文明との出会いは、日本の佇まいに何をもたらしたか。文明開化、大震災、戦災、高度経済成長――変容する都市の風貌から、日本人のアイデンティティの軌跡を検証する。

205715-9

S-25-3
シリーズ日本の近代
企業家たちの挑戦
宮本又郎

三井、三菱など財閥から松下幸之助や本田宗一郎ら消費者本位の実業家まで、資本主義社会の光と影を担った彼らの手腕と発想はどのように培われたのか。

205753-1

S-25-4
シリーズ日本の近代
官僚の風貌
水谷三公

この国を動かしてきた顔の見えない人々――政党勃興、戦時体制、敗戦など社会情勢の変動が、行政機構に与えた影響を探る、ユニークな日本官僚史。

205786-9

S-25-5
シリーズ日本の近代
メディアと権力
佐々木隆

「社会の木鐸」「不偏不党」「公正中立」その実態は？ 知られざる新聞の歴史を豊富な史料で描き、現在のメディアが抱える問題点を根源に遡って検証。

205824-8

S-25-6
シリーズ日本の近代
新技術の社会誌
鈴木淳

洋式小銃の導入は兵制を変え軍隊の近代化を急がせた。洗濯機の登場は主婦に家事以外の時間を与えた。新技術の導入は日本社会の何を変えたのだろうか。

205858-3

S-25-7
シリーズ日本の近代
日本の内と外
伊藤隆

開国した日本が、日清・日露の戦を勝ち抜いて迎えた二十世紀。世界は、社会主義によって大きく揺すぶられる。二部構成で描く近代日本の歩み。

205899-6

よ-38-1
検証　戦争責任（上）
読売新聞
戦争責任検証委員会

誰が、いつ、どのように誤ったのか。あの戦争を日本人自らの手で検証し、次世代へつなげる試みに記者たちが挑む。上巻では、さまざまな要因をテーマ別に検証する。

205161-4

分類番号	書名	副題	著者・訳者	内容紹介	ISBN
よ-38-2	検証 戦争責任（下）		読売新聞戦争責任検証委員会	無謀な戦線拡大を続けた日中戦争から、戦後の東京裁判まで、時系列にそって戦争を検証。上巻のテーマ別検証もふまえて最終総括を行う。日本人は何を学んだか。	205177-5
サ-8-1	人民の戦争・人民の軍隊	ヴェトナム人民軍の戦略・戦術	グエン・ザップ 眞保潤一郎／三宅蓉子訳	対仏インドシナ戦争勝利を決定づけたディエン・ビエン・フーの戦い。なぜベトナム人民軍は勝利できたのか。名指揮官が回顧する。〈解説〉古田元夫	206026-5
キ-6-1	戦略の歴史（上）		ジョン・キーガン 遠藤利國訳	先史時代から現代まで、人類の戦争における武器と戦術の変遷と、戦闘集団が所属しての相関関係を分析。異色の軍事史家による画期的な戦争の世界史。	206082-1
キ-6-2	戦略の歴史（下）		ジョン・キーガン 遠藤利國訳	石・肉・鉄・火という文明の主要な構成要件別に「兵器と戦術」の変遷を詳述。戦争の制約・要塞・軍団・兵站などについても分析した画期的な文明の戦争論。	206083-8
ク-6-1	戦争論（上）		クラウゼヴィッツ 清水多吉訳	プロイセンの名参謀としてナポレオンを撃破した比類なき戦略家クラウゼヴィッツ。その思想の精華たる本書は、戦略・組織論の永遠のバイブルである。	203939-1
ク-6-2	戦争論（下）		クラウゼヴィッツ 清水多吉訳	フリードリッヒ大王とナポレオンという二人の名将の戦史研究から戦争の本質をあぶりだし体系的な理論化をなしとげた近代戦略思想の聖典。〈解説〉是本信義	203954-4
ク-7-1	補給戦	何が勝敗を決定するのか	M.v.クレフェルト 佐藤佐三郎訳	ナポレオン戦争からノルマンディ上陸作戦までの戦争を「補給」の観点から分析。戦争の勝敗は補給によって決まることを明快に論じた名著。〈解説〉石津朋之	204690-0
チ-2-1	第二次大戦回顧録抄		チャーチル 毎日新聞社編訳	ノーベル文学賞に輝くチャーチル畢生の大著のエッセンスをこの一冊に凝縮。連合国最高首脳が自ら綴った、第二次世界大戦の真実。〈解説〉田原総一朗	203864-6

各書目の下段の数字はISBNコードです。978－4－12が省略してあります。

タ-5-3
吉田茂とその時代（上）
ジョン・ダワー
大窪愿《げん》二《じ》訳

戦後日本の政治・経済・外交すべての基本路線を確立した吉田茂――その生涯に亘る思想と政治活動を日米関係研究に専念する著者が国際的な視野で分析する。

206021-0

タ-5-4
吉田茂とその時代（下）
ジョン・ダワー
大窪愿二訳

長期政権の過程を解明。諸改革に見る帝国日本と新生日本の連続性、講和・再軍備を巡る日米の攻防、内部抗争で政権から追われるまで。〈解説〉袖井林二郎

206022-7

ハ-16-1
ハル回顧録
コーデル・ハル
宮地健次郎訳

日本に対米開戦を決意させたハル・ノートで知られ、「国際連合の父」としてノーベル平和賞を受賞した外交官が綴る国際政治の舞台裏。〈解説〉須藤眞志

206045-6

ハ-12-1
改訂版 ヨーロッパ史における戦争
マイケル・ハワード
奥村房夫
奥村大作訳

中世から現代にいたるまでのヨーロッパの戦争を、社会・経済・技術の発展との相関関係においても概観した名著の増補改訂版。〈解説〉石津朋之

205318-2

マ-10-5
戦争の世界史（上）技術と軍隊と社会
W・H・マクニール
高橋均訳

軍事技術は人間社会にどのような影響を及ぼしてきたのか。大家が長年あたためてきた野心作。上巻は古代文明から仏革命と英産業革命が及ぼした影響まで。

205897-2

マ-10-6
戦争の世界史（下）技術と軍隊と社会
W・H・マクニール
高橋均訳

軍事技術の発展はやがて制御しきれない破壊力を生み、人類は怯えながら軍備を競う。下巻は戦争の産業化から冷戦時代、現代の難局と未来を予測する結論まで。

205898-9

マ-13-1
マッカーサー大戦回顧録
マッカーサー
津島一夫訳

日米開戦、屈辱的なフィリピン撤退、反攻、そして日本占領へ。「青い目の将軍」として君臨した一軍人が回想する「日本」と戦った十年間。〈解説〉増田弘

205977-1

モ-10-1
抗日遊撃戦争論
毛沢東
小野信爾／藤田敬一
吉田富夫訳

中国共産党を勝利へと導いた「言葉の力」とは？毛沢東が民衆暴動、抗日戦争、そしてプロレタリア文学について語った論文三編を収録。〈解説〉吉田富夫

206032-6